黑色呐喊译丛

Frederick Douglass

Narrative of the Life of Frederick Douglass

道格拉斯自述

〔美〕弗烈德里克·道格拉斯 著　　李文俊 译

人民文学出版社
PEOPLE'S LITERATURE PUBLISHING HOUSE

图书在版编目（CIP）数据

道格拉斯自述 / （美）弗烈德里克·道格拉斯著；
李文俊译 . -- 北京：人民文学出版社，2024
（黑色呐喊译丛）
ISBN 978-7-02-018534-4

Ⅰ.①道… Ⅱ.①弗… ②李… Ⅲ.①散文集－美国
－现代 Ⅳ.① I712.65

中国国家版本馆 CIP 数据核字 (2024) 第 041573 号

责任编辑　李　娜　何炜宏
封面设计　李苗苗

出版发行　人民文学出版社
社　　址　北京市朝内大街 166 号
邮政编码　100705

印　　刷　山东新华印务有限公司
经　　销　全国新华书店等

字　　数　80 千字
开　　本　889 毫米 ×1194 毫米　1/32
印　　张　3.875　插页 2
版　　次　2024 年 4 月北京第 1 版
印　　次　2024 年 4 月第 1 次印刷

书　　号　978-7-02-018534-4
定　　价　39.00 元

如有印装质量问题，请与本社图书销售中心调换。电话：010-65233595

目　录

译　序……………………………………李文俊 1

弗烈德里克·道格拉斯自述……………………… 1
第一章…………………………………… 3
第二章…………………………………… 9
第三章…………………………………… 15
第四章…………………………………… 20
第五章…………………………………… 24
第六章…………………………………… 29
第七章…………………………………… 33
第八章…………………………………… 40
第九章…………………………………… 46
第十章…………………………………… 52
第十一章………………………………… 82
附　言…………………………………… 95

附录　致老主人的信……………………………… 103

译　序

　　呈现在读者面前的这本书，篇幅不大，却在美国历史上起过相当重要的作用。

　　书的原名很长，这也是当时的风气，书名简直就像一份梗概：《弗烈德里克·道格拉斯，一个美国奴隶的自述，由他本人亲自撰写》(*Narrative of the Life of Frederick Douglass, an American Slave, Written by Himself*) [①]。正如书名所表明的，作者弗·道格拉斯（1818—1895）是一个黑奴，诞生于美国南方的马里兰州。他通过自学掌握了文化，二十一岁时（1838年）逃往北方，三年后成为废奴运动的积极分子。他经常在集会上发言，讲自己的痛苦经历与解放黑奴的必要性。他的讲演内容生动，论辩有力，逻辑严密，遣词精确，效果很好。但是也因此招来一些人的怀疑。他们认为奴隶出身的人没有文化，不可能达到这样的水平。他们猜测说道格拉斯是废奴主义领袖出钱雇来的职业演说家，不是奴隶，而是上过学的自由黑人。为了消除这些怀疑，道格拉斯决心把自己的出身、经历、学习文化的过程都一一写出来，并且尽可能把人名、地名、时间都交代清楚，让怀疑论者去查对。一八四五年，这本自传出版了。所有

　　[①]　下称《自述》。

1

的谣言当然不攻自破，但道格拉斯也因此暴露了身份。当时奴隶尚未解放，逃奴在法律上是得不到保护的。为了逃避追缉，道格拉斯只得出走英国。在那里他曾多次举行演讲，为黑奴解放事业争取国际支援。

据美国今天的历史学家考证，《自述》中所提到的人，只要是有些身份的，都可以在马里兰州地方上保存的文书、档案里找到。只不过个别人名字的拼法与《自述》中所写的有所不同。例如，《自述》中所提到的"汉弥尔登"（Hamilton）先生，实际上应为"汉比尔登"（Hambleton）；"加里森·威斯特"（Garrison West）先生，实际上应为"加里斯顿·威斯特"（Garreston West）先生。诸如此类的讹误还有一些。这是可以理解的，以道格拉斯当时的身份、年龄与文化水平，自然只能按听到的声音用通行的拼法写出来。这样的讹误可以说反倒是真实的有力凭据。

道格拉斯的《自述》出版后，立刻引起注意，四个月内售出了五千册。接着又不断重印，四年之内在美国总共销售了一万七千册；另外一八四六、一八四七两年内，在英格兰和爱尔兰印了五版，销售了一万三千册。这样的销售纪录在当时就算是空前的了。

《自述》出版后，受到废奴主义报刊的大力推荐自不必说，即便是美、英很有影响的大报，也纷纷予以好评。可以说，这本小书对于动员美国北方群众支持废奴运动、支持南北战争，对于争取欧洲舆论和英法政府对美国北方的支持，都起了一定的作用。奴隶自述这类书籍在当时出版了不少，道格拉斯的不是第一本，却是水平最高、影响最大的一本。林肯在接见《汤姆叔叔的小屋》的作者斯托夫人时，曾半戏谑地称她为"写了一本书，酿成了一场大战的小妇人"。其实，道格拉斯用血和泪凝成的这"一本书"，作用也并不在《汤姆叔叔的小屋》之下。

《自述》出版后，道格拉斯更深入、积极地参加到废奴运动和别的改革运动中去。一八四八年，他创办了《北极星》周刊，这份刊物持续了十六年，成为废奴运动最有影响的刊物之一。他是"地下铁路"罗彻斯特"转运站"的负责人，曾帮助许多黑奴奔向自由。他是废奴主义激进派代表人物约翰·布朗的挚友。约翰·布朗曾在他家中住过三个星期，而这正好是布朗策划举行哈泼渡口起义的时期。哈泼渡口起义失败，布朗被捕。道格拉斯也因为被控是从犯而不得不出逃加拿大。

　　一八六一年美国内战爆发后，道格拉斯向政府呼吁让黑人参军，并竭力主张组织黑人师团。他终于说服了林肯总统，后来还成为总统的黑人问题顾问。道格拉斯自己年纪太大不能从军，但他把两个儿子送进了部队。南北战争结束后，道格拉斯力主通过美国宪法第十五条修正案，以使解放了的黑奴能得到普选权。这以后，道格拉斯出任过美国政府的几种公职，其中最高的是美国驻海地的公使。总之，他是美国有史以来的第一个黑人领袖。在他以后，美国每一代都出现了全国性的黑人领袖，从博克·T.华盛顿、杜波依斯一直到马丁·路德·金，他们都是以道格拉斯为榜样的。今天，道格拉斯已经成为美国历史上的伟人之一。在首都华盛顿，有一座桥被命名为道格拉斯桥。道格拉斯在华盛顿的故居被内政部接收并定为国家文物遗址。美国邮局发行了一种印有道格拉斯头像的票面二十五美分的邮票。二十世纪六十年代美国民权运动高涨时，人们重新发掘道格拉斯的精神遗产，尊奉他为"美国民权运动之父"。在这以前，美国马克思主义历史学家和黑人作家就在整理、阐述道格拉斯的著述。菲力浦·丰纳在一九五○到一九五五年编辑出版了四卷本的《弗烈德里克·道格拉斯的生平与著作》①，收

---

① *The Life and Writings of Frederick Douglass*, ed. by Philip Foner, New York, 1950—1955.

入道格拉斯三本自传之外的许多文章、演讲词与书信。丰纳在一九六四年又出版了专著《弗烈德里克·道格拉斯传》①。从最近得到的讯息可以看出，美国正统的学术界也越来越重视道格拉斯。耶鲁大学出版社正在陆续出版他的文集②，编者为耶大历史教授约翰·W.布拉辛甘，该文集出齐后将达十四卷之多，应是迄今为止收罗最齐的一本集子了。从美国的书评杂志可以看出，单是一九八五年，美国就有两本道格拉斯评传问世。一部③对道格拉斯早年生活考证甚详，据说挖掘出不少有用的资料，评论者称赞作者做了许多"侦探式的工作"。另一部④的作者对道格拉斯评价极高，认为他是杰弗逊民主思想的继承者与发扬者，在这方面的地位与林肯不相上下。

以上所述，侧重从历史作用与思想影响方面介绍道格拉斯的《自述》，这不等于说《自述》仅仅是一本配合废奴运动的宣传小册子。读者在读《自述》时，都可以感到有一种伟大的人格力量扑面而来。主人公为了自由与正义，百折不挠地进行斗争，生命几经濒临灭亡。这种反抗强暴的巨大勇气，至今读来仍然是那么的激动人心。道格拉斯自强不息、发奋学习与挚爱伙伴的精神，也都超越了时代、国家与种族的界限，可以给一切愿意上进的人提供精神力量。因此，这本书不仅有历史认识的价值，对于培养人的优良品质也可以有所帮助。作为一本文学作品来读，《自述》也丝毫不比优秀的小说、戏剧逊色。《自述》在叙事状物上相当生动。人物性格，特别是对几个白人奴

---

① *Frederick Douglass*, by Philip S. Foner, New York, 1964.
② *The Frederick Douglass Papers*, Vol.1, ed. by John W. Blassingame, Yale University Press, 1979.
③ *Young Frederick Douglass*: *The Maryland Years*, by Dickson J. Preston, Johns Hopkins University Press, 1980.
④ *The Mind of Frederick Douglass*, byWaldo E. Martin Jr., Univ. of North Carolina Press, 1985.

隶主的刻画，栩栩如生。书中风格也是多种多样的。那些庄严、冷峻的反映苦难生活的段落，令人想起《圣经·旧约》；而雄辩与表达自己强烈感情的部分，则颇有十八、十九世纪著名演说家演讲词的风采。《自述》从整体来说是悲哀、凝重的，但是内中有时也会显露出黑人所特有的幽默感，令人忍俊不禁。书中对"职业驯奴师"科维的写照特别出色，简直像出自讽刺大师的手笔。作者爱憎分明，但是对自己的感情也不是没有控制。他能做到冷静、客观地分析问题，即使是对黑人自身的缺点、弱点，也绝不护短。这方面的例子可以举出对黑奴为夸耀自己的主子不惜与别的黑奴大打出手的描写。总之，通过这本《自述》，我们可以抚触到一颗正直、勇敢、热情、真诚，同时又是机智、聪明的心，这是黑人种族优秀品质的集中体现。我们完全可以称之为伟大的"黑人魂"。

道格拉斯后来曾两次修改、扩充他的自传。他的第二本自传《我的奴隶生涯和我的自由》(*My Bondage and My Freedom*)和第三本自传《弗烈德里克·道格拉斯的生平和时代》(*The Life and Times of Frederick Douglass*)分别于一八五五年与一八八一年出版，两书都增添了新的内容，不少地方比第一本丰富详尽，但是作为第一手的原始资料，《自述》仍然是不可取代的。另外还需提一笔的是，道格拉斯的这本书在美国黑人文学史上有其特殊意义。它开了"黑人自传"这种文学样式的先河。从《自述》起，优秀的黑人自传代有所出，绵延不绝，它们和《自述》一样，真切动人地传达出了黑人儿女的心声。

译者初次接触道格拉斯的《自述》，还是在六十年代初。当时，在读毕钦佩与感奋之余，曾选译出其中数章，发表在一九六四年第九期的《世界文学》上。从那时到今天，二十余年又匆匆逝去，而字数不多的《自述》的全译却仍未能与中国读者见面，这使得无论作为美国文学工作者还是翻译工作者的我都无法不感到内疚。今年上半年，在三联书店的支持下，总算抽空将全书译出，并请王义国同志译出道格拉斯于一八四八年写给他的老主人的一封极其有名的信。希望这些材料能帮助读者对这位伟大的民主主义思想家与战士有所了解。译者相信这些珍贵的文献对今天我国社会主义民主的建设也是能起到积极作用的。

最后需要交代的是，翻译所根据的原本是"约翰·哈佛丛书"本，一九六○年由哈佛大学出版社出版，编者为本杰明·夸尔斯（Benjamin Quarles）。据这位编者说，他的版本是完全按波士顿一八四五年初版本排印的。

李文俊
一九八六年八月

弗烈德里克·道格拉斯自述

第一章

　　我出生在马里兰州①塔波特县的特卡荷依，那地方离希尔斯巴勒不远，距伊斯顿约十二英里。我不知道自己精确的年龄，因为我没有见到过任何可靠的记载。绝大多数的奴隶都像马儿一样，根本不知道自己的年龄，据我所知，大多数主人都是故意让奴隶这样无知的，我就不记得遇到过一个奴隶，能说得出自己的生辰时日。他们顶多只能说是在播种的时节、收获的时节、樱桃花开放的时节，是在春天，或是秋天。即使在童年，对自己的身世缺乏了解便已经使我闷闷不乐。白人的孩子都讲得出他们几岁。我不明白为什么我的这个权利就应该被剥夺。我是不许向主人问这些事的。在他看来，奴隶提这种问题不合适、不规矩，这就是不安分的证据。我能作的最精确的估计就是我不是二十七岁便是二十八岁。我所以这样说，是因为一八三五年时，我听主人说过，我大约十七岁。

　　我母亲名叫哈里哀特·巴莱，她是伊萨克和柏西·巴莱的女儿，他们都是黑人，肤色很深。我母亲比我外婆外公的肤色还要深。

---

① 美国濒大西洋的一个州，南北战争前是蓄奴州。（译者注，以下凡不说明者均同此。）

3

我的父亲是一个白人。每逢人家谈到我的出身时都这么说，大家都悄悄地说我的主人就是我的父亲，不过这究竟是否事实，我就不得而知了；因为我是根本无从知悉的。当我还是个婴儿的时候，母亲就和我分开了——那时候我连母亲还认不得呢。我是从马里兰州逃出来的，在我们那里有个习惯，孩子很小的时候就得与母亲分开。往往孩子还不满一周岁，母亲就被差走，被雇到挺远的一个种植园去干活，孩子就交给一个老得干不了地里活儿的老太婆看管。至于为什么要拆散母子，这我就不知道了，想必是有意不让孩子对母亲的爱有所发展，同时使母亲对孩子天生的感情变得冷淡以致完全消失吧，因为这是必然的结果。

我一生中除了四五次以外，就再也没见过我的母亲，所以对她也只有这一点点的了解；每一次见面都非常匆促，而且又在夜里。她雇给了离我们家约十二英里的斯蒂华先生，她只能晚上来看我，一路都徒步走来，而且是在干了一整天活儿之后。她是个干地里活的奴隶，要是天亮还不到地里去就要挨一顿鞭子，除非她得到了主人的特许——这对奴隶来说是件很难得的事，准许奴隶请假的主人就有厚道的主人之称了。我不记得大白天里见到过我的母亲，她只能在夜晚和我待在一起。她总是和我一起躺着，哄我入睡，可是我醒来时，她早已走了。我们母子之间来往很少很少。她的死亡很快就结束了我们之间仅有的一点点联系，也结束了她的辛酸和苦难。她是我约摸七岁时死去的，是在靠近李家磨坊我主人的另一处农庄里。她生病、临终和下葬时，主人都不许我到她身边去，等到我有所听闻，她已经死去很久了。我因为没有享受过多少她的抚爱、她的温柔、小心的照顾，所以得知她去世的噩耗时，感情上竟和听到路人的死讯时无甚差别。

由于这么突然被上帝召去，她没有留下一点点暗示，让我知道父亲是谁。认为我主人就是我父亲的谣传，可能是真的，也可能不是真的；不过，是真是假，都无关重要，因为说来叫

4

人可恨，奴隶主规定，法律也这样承认，在所有情况下，女奴隶的孩子一律继承母亲的地位；这样规定显然是为奴隶主自己的情欲提供方便，使他们的兽欲既能得到满足，实际利益又有所增加；有了这个阴险的安排之后，不少情况下，奴隶主对他的奴隶都有着既是主人又是父亲的双重身分。

我知道好些这样的情况；应该指出，这样的奴隶必然会受到更大的痛苦，比起别人来困难更多。首先，女主人老是把他们看作眼中钉。她总想找他们的岔子；他们几乎永远无法使女主人满意；最能使她满意的莫若是看到他们挨打，特别是当她怀疑丈夫对他的这些混血孩子表示出对一般的黑奴所没有的好感的时候。主人为了尊重白人太太的感情，往往不得不把这一类的奴隶卖掉；一个人把自己的亲骨肉卖给人口贩子，这种事谁都会觉得残酷，但是他这样做还往往是从人道出发；因为，如果不这样做，他就非但不得不自己鞭打亲骨肉，而且还要站在一旁看他的白皮肤的儿子捆上皮肤稍深的兄弟，将凝着血块的鞭子往兄弟赤裸裸的背上抽去；倘若他吐出半个不字，人家就要说他的偏爱在作怪，这就使得原来已不妙的事情更糟，对他本人和他打算保护的奴隶来说都是如此。

每一年都出现许多这种奴隶。南方某个伟大的政治家显然是因为知道这个事实，所以才预言不可抗拒的人口规律将使奴隶制走向灭亡。不管这个预言是否会实现，反正肯定有一种人正在南方涌现，他们现在被当作奴隶使唤，但他们与原来从非洲运到美国来的人有所不同；这种人的增加如果没有别的好处，也至少能使某种论调丧失力量，这种论调说，因为上帝诅咒了哈姆 ①，所以美国的奴隶制度是正确的，如果照《圣经》说，只

---

① 《圣经》上说，哈姆为挪亚的幼子。据某些种族主义者的说法，他是黑人的祖先。因为他有罪，所以黑人应该受到惩罚。

有哈姆的嫡系子孙该受奴役，那么肯定南方的奴隶制很快就要变得违背《圣经》教义了；因为每年都有成千人来到世界上，他们都像我一样，是白人父亲生的，但他们的父亲往往也就是他们的主人。

我有过两个主人。第一个主人姓安东尼。我不记得他的名字了。人家都叫他安东尼船长——这个称号的得来，我想是因为他驾驶了一条船行驶在切萨皮克海湾①里的关系吧。在一般人眼里他不是个富有的奴隶主。他有两三个农庄，大约三十个奴隶，他的农庄和奴隶交给了一个监工管理。这个监工名叫帕林茂。帕林茂先生是个无可救药的酒鬼，是个骂人的能手，又是个野蛮的魔王，他到哪里都带着一条牛皮鞭和一根粗棍子。我曾看到过他把女奴们打得头破血流，连主人都因为他太残暴生了气，威胁说倘若他不好好留神就要抽他一顿鞭子。但是主人也不是一个有人性的奴隶主。监工实在残暴得过了头才会引起他的不满，主人性格残忍，他蓄奴的漫长一生，练就了一副铁石心肠。有时他会以鞭打奴隶为乐。我一个阿姨的撕裂人心的尖叫声，往往在天亮时将我惊醒，主人常把她捆在梁架上，鞭打她的赤背，直到她真的浑身是血才住手。他鞭子下鲜血淋漓的罹难者的恳求、眼泪和祈祷都不能打动他的铁石心肠，不能使他停止这种血腥行为。她叫得愈响，他打得也愈重；哪儿血流得厉害，他就在那儿多抽几鞭。他会打得她尖声号叫，又打得她不作一声；他不到筋疲力尽，就不会停下那根凝结了血块的牛皮鞭子。我还记得第一次目睹这种可怕场面的情形。我当时还很小，但是印象很深，而且只要我记忆力尚存我就绝不会忘掉它。这是我注定要成为见证人或当事人的一系列同类暴行中的第一件。它以一种可怕的力量震动了我。这是一扇沾满了

---

① 从大西洋伸入美国弗吉尼亚州与马里兰州的一个大海湾，总长200英里。

血的门，是我即将进入的通向奴隶制地狱的入口。这是一个最可怕的景象。我希望我能将目击时的感觉在纸上传达出来。

这件事发生在我住到老主人家里去以后不久，情况是这样的，赫斯特阿姨有天晚上出去了——到哪儿去，去干什么事我就不知道了——主人要她，她偏巧不在。他命令过她晚上不许出去，警告过她不许和一个对她表示好感的年轻人待在一起。这个年轻人名叫纳德·罗勃兹，属于劳埃上校，大家一般都叫他劳埃家的纳德。至于主人为什么对她那么关心，还是让大家去猜测吧。她是一个仪态大方的女人，身材匀称，在我们那一带，不管是黑人妇女还是白人妇女，外表上和她不相上下的并不多，超过她的更是绝无仅有。

赫斯特阿姨不仅违背他的命令出去了，而且还被人发现和劳埃家的纳德待在一起；从主人鞭打她时所说的话里，我听出，这才是最大的罪状，假若他是一个有高尚道德的人，他也许会觉得这事很有趣，会对我阿姨的天真无邪的行为采取保护的态度；可是知道他的人都不幻想他能有这样的风度。他开始鞭打赫斯特阿姨之前，先把她拖到厨房里去，把她从颈部到腰部的衣服全部剥光，让她脖子、肩膀和背脊都袒露着。接着他叫她把手交叉起来，同时骂她是个下贱的婊子。他用一根粗绳子捆住她交叉起来的手，把她拖到一条凳子前，凳子上空有一只钉在梁架上的大钩子，这只钩子是专为打人用的，他叫她站上凳子，把她的手吊在钩子上。这样，她只好站在那儿听凭他大肆狂虐了。她的手臂被吊得直直的，得踮起脚尖才能够到凳子。这时，他对她说："好，你这个下贱的婊子，我要让你尝尝违抗我命令的滋味！"接着他把袖管一卷，开始抽那根粗重的牛皮鞭，很快，温暖、殷红的鲜血便滴落在地板上，间杂着她那撕裂人心的尖叫和他那骇人的咒骂，我看见这种情形吓得不得了，就躲进了一个小房间，直到这血腥的事情过去后很久才敢出来。

我很担心下一次就轮到我。这对我来说是完全陌生的。我以前从来没有见过这种事情。我一直跟着姥姥住在种植园边缘的土屋里，主人派姥姥在那儿替青年妇女看管孩子。因此，在这以前，我一直没有见识过种植园中经常发生的这种血腥场面。

第二章

　　我主人的家里有两个儿子，安德鲁和理查德，一个女儿，卢克丽霞，还有她的丈夫，托马斯·奥德上尉。他们住在位于爱德华·劳埃上校家庭所在的种植园的一幢房子里。我主人是劳埃上校的秘书兼监工。他可以说是所有监工的监工。我在这个种植园我老主人的家里度过了两年的童年生活。就是在这里，我目睹了第一章里所记载的血腥罪行；我是在这个庄园里获得奴隶生活的最初印象的，因此我不妨对此作些叙述，把那里奴隶生活的实际情况说一说。这个庄园在塔波特县伊斯顿以北大约十二英里，位于迈尔斯河河边。庄园里所种的主要作物有烟草、玉米和小麦。这些作物都是大面积种植的；因此，有这个种植园以及别的属于他的种植园的产品，主人可以长期地、几乎不间断地租用一条很大的多帆单桅船，好把东西运到巴尔的摩的市场上去。这条帆船名字叫"萨莉·劳埃"，为的是对上校的一个女儿表示敬意。我主人的女婿奥德上尉是这条船的船主；可是驾驶船的是上校自己的几名奴隶。他们的名字是彼得、艾萨克、里区和杰克。别的奴隶都非常敬重他们，把他们看作种植园里的大人物；因为在奴隶们看来，能获准去巴尔的摩可不是一件小事。

　　劳埃上校在他所住的种植园里蓄有三四百个奴隶，在邻近的归他所有的庄园里还有更多的奴隶。和他所在的种植园挨得最近的农场是"维镇"与"新图"。维镇由一个叫诺亚·威利斯的人管理。新图的监工是汤生特先生。这两个农场的监工，以及别的农场的所有监工，加起来足足有二十多个，他们都接受主人所在的种植园的经理们的指示和领导。这里是繁忙的事务中心，是所有二十个农场的"政府"所在地。监工之间的所有争执都到这里来解决，若是有哪个奴隶被认为行为严重不轨，变得桀骜不驯，或是显露出逃跑的意图，就会被立即带到这儿狠狠地鞭笞，然后押上帆船，送到巴尔的摩，去卖给奥斯汀·吴尔孚格或是别的奴隶贩子，以儆效尤。

也是在这里，所有别的农场的奴隶来领取他们每个月的口粮和全年的衣着。男女奴隶每个月的口粮是八磅猪肉，或是相当这个数量的鱼，以及一蒲式耳①粗玉米粉。他们全年的衣着包括两件粗布衬衫、一条布裤（料子和衬衫一样）、一件夹克、一条冬天穿的裤子（用黑人手织粗土布制成）、一双袜子，还有一双鞋子；所有这一切加起来不会超过七元钱。奴隶的孩子的口粮交给他们的母亲或是照顾孩子的老太婆。还不能下地干活的孩子不发鞋子、袜子、夹克和裤子；他们的衣服就只是一年两件粗布衬衣。这些衣服穿破了，他们就光着身子走来走去，直到第二年发衣服的日子来临。一年四季都可以看到几乎一丝不挂的七岁到十岁的男孩和女孩。

奴隶们是领不到床的，除非一条粗毯子也可以算是床，而且只有成年的男人和女人才会有粗毯子。不过，奴隶们并不觉得没有床有什么了不起。他们感到痛苦倒不是没有床，而是没有睡觉的时间；因为干完一天地里活之后，他们大多数人还得洗洗涮涮、缝缝补补，还得做饭，而且又没有或只有很少干这

---

① 大致相当于36升。

些活儿的普通用具，他们的许多睡觉时间都消耗在第二天地里活的准备工作上了；当这些事完成之后，老的少的，男的女的，已婚的未婚的，都人挨人地在一张公共的大床上躺下来——那就是冰凉、潮湿的泥地——每个人都用自己那条破破烂烂的毯子把自己盖起来；他们就这样躺着直到监工的号角把他们叫醒。一听到这个声音，所有人都得起床下地。稍有迟延都是不许可的；每一个人都得到他或她的岗位上去；那些听不见这早晨的下地召唤声的人可要倒霉了；若是他们的听觉没有叫醒他们，他们内在的感觉也会叫醒他们；没有哪种年纪、哪种性别的人能得到任何宽容。监工西维亚先生总是站在奴隶居住区的入口，手执一根大棒和一条粗皮鞭，准备抽打任何一个太倒霉以致没有听见号角的人或是由于别的原因没有一听见声音就立即下地去的人。

西维亚 ① 先生这个名字起得太准确了：他是一个残忍的人。我见到过他鞭打一个妇女，使她一连流了半个小时的血；与此同时，她的一帮孩子围在旁边，苦苦哀求饶了他们的母亲，可他似乎专以显示自己恶魔般的残忍为乐事。除了他天性残忍之外，他的舌头也非常毒辣。单是听他讲话就足以使一个普通人血脉凝结、毛发直竖。从他嘴里吐出来的每一句话很少不带脏字儿，不是搁在头上，便是放在末尾。大田就是目睹他的残暴与亵渎行为的地方。他的在场使得田野变成了既是流血的场所又是非圣无法的地方。从日出一直到日落，他都是穷凶极恶地在地里奴隶们当中诅咒、詈骂、砍劈和抽打。他管事儿的时间不长。我去到劳埃上校家不久之后他就死了；他临死时一面发出死前的哀鸣，一面还和平时一样，在恶狠狠地叱骂和诅咒。奴隶们都把他的死看作仁慈的上苍的惩罚。

---

① 西维亚（Severe），如不用作专有名词，意思是"严厉"。

西维亚先生的空缺由一个叫霍浦金斯的先生填补了。他是个很不一样的人。和西维亚先生相比，他没有那么残忍、那么亵渎神灵，也没有那么吵吵嚷嚷。他的做法是尽量不显得特别残暴。他也鞭打奴隶，可是看来并不以此为乐。奴隶们称道他是一个好监工。

劳埃上校所在的种植园外表上像一个村庄。各个农场上的手艺活儿都是在这儿干的。做鞋、修补、铁匠活儿、车匠活儿、制桶修桶、纺线织布、磨面，都是由这个总农场里的奴隶们干的。整个农场里洋溢着一种繁忙的气氛，和邻近的农场颇不相同。这里屋宇密集，也使邻近的农场相形失色。奴隶们称这里为"大宅子农场"。外面农场上的奴隶莫不把被选派到"大宅子农场"去干杂活视为顶了不起的美差。这在他们看来是件提高身份的事儿。一个代表被选进美国国会所感到的骄傲，恐怕还比不上一个外面农场的奴隶被挑中去"大宅子农场"干杂活时的得意心情呢。他们把这件事看作监工对自己的极大信任；正因为这一点，同时也为了实现离开大田逃出监工的鞭梢这种经常性的愿望，他们把这件事看作一种高级特权，一个值得为之小心谨慎做人的目的。最经常被选派去的人就会被人叫作最机灵的人和最受到信任的人。这个美差的角逐者没完没了地拍工头的马屁，就像政党中官职的猎取者不断取悦、欺骗群众一样。凡是政党奴隶身上有的那些特征，在劳埃上校农场的奴隶的身上也都可以一一找到。

那些被选派到"大宅子农场"去领自己和同伴们每月口粮的奴隶，心情都特别兴奋。在来回的路上，他们会使方圆好几里之内稠密的老树林里都回响着他们那狂野奔放的歌声，在同一时刻里显露出最巨大的喜悦和最深沉的哀伤。他们总是边走边编歌边唱，既不讲究节奏也不顾及曲调优美与否。他们头脑里涌现出什么样的思念，就把它唱出来——如果还来不及编词儿，就先把声音哼出来；——因此经常是有词儿的占一半，没词儿的也占一半。他们有时候用最欣喜的声调来唱最悲哀的歌，有时候又用最悲哀的声调来唱最欣喜的歌。在所有他们唱的歌中，他们总要设法多少把"大宅子农场"的事编点进去，特别是在他们离开家的时候。那时，他们总是极其兴高采烈地唱下面这样的词儿：

> 我要出门上"大宅子农场"去啦！
> 哦，是啊！哦，是啊！哦！

他们就拿这两句话来充当各种各样歌词的副歌歌词，那些歌词在许多人看来会认为是毫无意义的套话，在奴隶们自己眼里，却是意味深长的。我有时候想，光是听听这些歌就能使某些人深切地体会到奴隶制的邪恶性质，其效果远远超过读一整卷一整卷论述这个问题的哲学著作。

我当奴隶时并不了解这些粗野的、明显不连贯的歌的深刻含意。我自己是圈子里的人；因此我不能像圈子外面的人那样地观察，那样地倾听。这些歌叙述的是一个哀伤的故事，这在当时，是完全超出了我那低弱的理解能力的；它们是响亮、拖长、深沉的曲调；它们透露了那些为最剧烈的痛苦折磨的灵魂所发出的祈求和怨诉。每一支歌都是反对奴隶制的一份证词，也是要求上帝将自己从枷锁中解救出来的一篇祷文。听到这些狂野的音调总会使我精神沮丧，使我心中充满难以言喻的忧伤。我听的时候经常禁不住热泪涟涟。单是重新提到这些歌曲，即使是现在，也使我感到痛苦；就在我写下这几行文字时，我的感情竟不能自已，两行热泪从我的双颊上流了下来。我对奴隶制的非人道性质最初的朦胧认识，还是从这些歌里得来的呢。我永远也摆脱不掉那样的朦胧认识。这些歌至今仍然追逐着我，加深着我对奴隶制的憎恨，促进了我对束缚中的兄弟们的同情。如果有人想体会一下奴隶制的窒杀灵魂的效果，就让他到劳埃上校的种植园去，让他在发口粮的日子去待在密密的松林里，静静地分析将要穿透他心灵的殿堂的那些声音——要是他仍然无动于衷，那只能用"他那颗冷酷的心不是肉长的"来解释了。

我来到北方之后，发现有些人居然认为奴隶们唱歌是他们感到满足与快活的证明，不免感到极端惊愕。简直不能想象出有比这更严重的错误了。奴隶们唱得最多的时候就是他们最不快活的时候。奴隶的歌声代表了他心中的忧伤；他唱出来才感到舒服一些，正如流泪能够抚慰一颗痛苦的心。至少，我个人的经验是这样的。我经常用唱歌来埋葬我的哀伤，却很少用它来表达我的幸福。为喜悦而哭泣，为喜悦而歌唱，这二者在我处于奴隶制的魔掌中时都是极其罕有的事。如果认为奴隶唱歌是满足与幸福的明证，那么，对于一个漂流到荒岛上的人的歌声也大可作这样的解释了；因为这二者都是由同一种情绪生发出来的。

第三章

　　劳埃上校有一片很大的、管理得很好的果园，它经常要用四个工人，外加一个当头儿的园艺师（麦德芒先生）。这个果园也许就是当地最引人注意的处所了。夏季的那几个月里，人们从远近各处——从巴尔的摩、伊斯顿和安那波利斯——来观赏。这里盛产各种各样的水果，从北方耐寒的苹果直到南方娇嫩的柑橘。这个果园却又是种植园苦难的一个不小的源泉。对属于上校所有的那一大帮饥饿的小黑孩子来说——年纪稍大的青年奴隶何尝不是如此，园子里那些美味的水果是一个很大的诱惑，很少有人具备那么高的道德（或者不如说罪恶）可以拒绝它们。夏天的时候，很少有一天过去而没有几个奴隶是因为偷果子而受到鞭笞的。上校不得不用各种计策来阻止他的奴隶进入果园。最后的也是最有效的一个办法，就是把四周围的栅栏全都涂上柏油；这以后，若是在哪个奴隶身上发现有柏油痕迹，那就算是有确凿的证据，说明他不是进去过果园，就是企图进去。不管是哪一种情况，他都要被当头儿的园艺师狠狠地抽一顿鞭子。这个计策非常成功；奴隶们就像害怕鞭笞一样地害怕柏油。他们像是终于明白"近墨者黑"这个道理了。

　　上校的马和马车也特别讲究。他的马厩和车房具有咱们大城市里马车出租行的那种气派。他养的马都是形象俊美、血统高贵的。他的马车房里有三辆华丽的轿式马车、三四辆轻便二轮马车，另外还有款式最时髦的"第雅邦"和"巴罗歇"。

　　马车房是由两个奴隶负责管理的——老巴尔内和小巴尔内——他们是爷儿俩。管好这些马车和马儿是他们唯一的工作。然而这可不是什么轻松活儿；因为劳埃上校最挑剔的就是他马儿饲养的情况了。稍有一点点疏忽都是不可原谅的，该对此负责的人就会受到最严厉的惩罚；只要上校怀疑对他的马儿有任何照顾不周的地方，你再举出什么理由来都没有用——而上校的疑心病是经常要发作的，这就使得巴尔内父子的日子很不好过。他们根本不知道什么时候可以不受到惩罚。他们表现最好的时候经常挨鞭打，表现最坏的时候偏偏平安无事。一切取决于马儿的外表以及把马儿带到劳埃上校跟前给他使用时他的心情。要是一匹马动作不够快，或是脑袋举得不够高，这都是马夫的不是。每逢把一匹马牵出来使用时，连站在马厩门旁听他对马夫这样那样地埋怨，都会是一种痛苦。"这匹马没有照顾好。没有好好地洗刷，没有好好地梳理它的毛，要不就是没有好好地喂养；它的饲料太湿了，要不就是太干了；喂得太早了，要不就是喂得太迟了；它太热了，要不就是太冷了；给它草多料少了；要不就是料多草少了；老巴尔内怎么不管马儿，把活儿都推给儿子了。"对于所有这些埋怨，不论是怎么样的不公正，奴隶是一个字也不能回嘴的。劳埃上校容不得奴隶的任何顶撞。他说话时，奴隶必须站直身子，乖乖地听着，还得觳觫不已；事实上奴隶们不用装假就成了这副样子。我看到过劳埃上校命令老巴尔内，一个五六十岁的老人，脱去帽子露出谢了顶的脑袋，跪在冰冷、潮湿的地上，让主人朝他裸露的、操劳了一辈子的肩膀一口气抽了三十多下鞭子。劳埃上校有三个儿子——爱德华、墨雷和但尼尔——还有三个女婿：温特先生、尼柯尔逊先生和朗德斯先生。所有这些人都住在"大宅子农场"里，可以随心所欲地享受鞭打任何一个仆佣的乐趣，从老巴尔内一直到赶马车的威廉·威尔克斯。我就看见过温特让一个干家务活儿的用人站在一个他的鞭梢刚好能够到的适当的距离处，他每抽一下，奴隶的背上就隆起一条高高的伤痕。

要描述劳埃上校的家产就几乎像要说清约伯的财富[①]有多少一样困难。光是在宅子里干家务活的仆佣就有十到十五个。据说他有一千个奴隶，依我看这样的估计是符合事实的。劳埃上校的奴隶太多了，他看见他们时都认不出来；而外面农场的奴隶也并不都认得他。据说有一天他骑马走在路上，遇见一个黑人，他就像南方人在大路上遇到黑人时通常那样地和那黑人说话了："喂，小子，你是谁家的奴隶啊？""是劳埃上校的。"那个奴隶回答道。"哦，上校待你好不好啊？""不好呢，老爷。"回答很现成。"什么，他让你活儿干得太多了，是吗？""是的，老爷。""那么，他也没让你吃饱吗？""不价，老爷，吃的上头倒是够的，咱是有啥说啥。"

上校在弄清那个奴隶属于哪个农场之后就继续骑着马往前走了；那个黑人也接着去办自己的事了，做梦也没想到方才和他说话的是自己的主人。他再也没有想起、说起和听人说起这件事，就这样过了两三个星期。忽然，这个可怜的人儿接到监工的通知，由于他挑主人的错儿，如今已经卖给了佐治亚州的一个奴隶贩子了。他马上给套上了脚镣手铐；就这样，事前毫无警告，就给一只比死亡还要冷酷无情的手活生生地从家人和朋友身边抓走，而且和他们永远无法见面了。这就是在回答几个普通的问题时说了真话、说了大实话的结果。

[①] 据《圣经·旧约·约伯记》第1章说："乌斯地有一个人，名叫约伯。……他的家产有七千羊，三千骆驼，五百对牛，五百母驴，并有许多仆婢。这人在东方人中就为至大。"

由于发生了这一类事情（至少这是原因之一），奴隶们在有人问到他们的情况以及主人的脾气时，几乎总是众口一词地说他们很满足，他们的主人很仁慈。有人知道，奴隶主常常派密探混到自己的奴隶当中去，以便弄清他们对自己处境的看法与感想。这样的事儿一多，奴隶们不由得信奉起这样一句老话来了：少说为妙，沉默是金。他们宁愿把真相隐藏起来而不愿直率地说出来并承担后果，在这样做的时候，他们使自己成为人类大家庭的一个组成部分①。要是他们有什么关于自己主人的话要说，那也总是说好话，特别是在一个不知底细的人的前面。在我当奴隶时，也常有人问我主人好不好，我就不记得自己曾经给过否定的回答；我在这样做的时候也并不认为自己完全是在讲假话；因为我是用周围的奴隶主树立的好坏标准来衡量自己主人是否仁慈的。再说，奴隶和别人一样，也接受一般人的偏见。他们总以为自己的东西比人家的好。许多人在这个偏见的影响下，居然认为自己的主子比别人的主子好；有时候，情况恰好相反，他们却还是这样认为。的确，下面所说的这样的事并不罕见：奴隶们甚至吵起来，争论谁的主人更好些，每一个人都认为自己主人品德高尚，远远超过对方的主人。可是与此同时，当分开评价他们的主人时，他们又都把主子们臭骂一顿。在我们的庄园里情况就是这样。每逢劳埃上校的奴隶遇到杰柯伯·杰普生的奴隶，他们不就主子的优劣吵上一架总不会分手；劳埃上校的奴隶说上校最富有，而杰普生先生的奴隶则说他们的主人最神气，最富于男子汉气概。劳埃上校的奴隶夸耀说上校钱多得可以把杰柯伯·杰普生买进来再卖出去。杰普生先生的奴隶就夸口说他们的主人本领高强，能用鞭子把劳埃上校抽趴下。这种争吵几乎总会导致两帮奴隶之间的一场格斗，

---

① 作者的意思是，人类都有为了自己的利益而不说真话的共同弱点。

而拳脚厉害的一方便被认为是吵赢的一方。他们好像认为主人的伟大是可以转移到自己身上似的。他们认为，当奴隶已经够倒霉的了，而当一个穷光蛋的奴隶那就更丢人了。

第四章

　　霍浦金斯先生只干了一个短时期的监工。至于他的差事为什么干不长，那我就不清楚了，也许是因为他缺乏必要的严厉劲儿，不称劳埃上校的意吧。接替霍浦金斯先生的是奥斯汀·高尔先生，凡是所谓第一流监工所不可缺少的种种条件，他不打折扣，应有尽有。高尔先生在远处的一座庄园里给劳埃上校当过监工，证明自己完全有资格到劳埃上校家里，也就是大宅子农场来当高一级的监工。

　　高尔先生为人骄傲、野心勃勃而又顽固不化。他狡猾、残忍、冷酷。他当监工，对于这个位置，可以说是物色到了最合适的人选，对于他这个人，则可以说是得其所哉。这个位置使他可以充分发挥自己的权力，而他这样做也似乎如鱼得水，十分自在。他这种人，能将奴隶的小小的眼色、半句话、一个姿势都曲解为傲慢无礼，分别加以惩罚。奴隶绝对不能向他回嘴，绝对不能因为冤枉而替自己辩白。高尔先生完全做到了奴隶主所制定的口号的要求："宁愿让一打奴隶挨鞭子，也不能因为监工犯了过错而在奴隶面前摊派他的不是。"只要高尔先生说一个奴隶有错儿，不管他怎样清白无辜，也是枉然。说你有罪就是有罪，有罪就得受罚；这一步步总是接踵而来，绝不会有什么例外，要逃过受罚先得逃过受控告；而在高尔先生做监工的时

20

候，能逃过这两关的奴隶可以说绝无仅有。他谄上欺下，对奴隶，要他们低声下气、俯首帖耳，在主人面前，他就奴性十足地摇尾乞怜。他野心勃勃，不做到最高级的监工头儿决不罢休。他有一股子韧劲，千方百计地朝他的目标前进。他又是极其残忍，动辄向奴隶施加最严酷的惩罚，他很狡猾，不惜设下最下流的圈套，他冷酷得很，在良心责备面前无动于衷。在所有的监工中，奴隶们最怕的就是他。他在场就令人痛苦；他的眼光盯得人心烦意乱；他只要一发出那尖厉、刺耳的声音，奴隶们就没法不感到惊惧与恐怖。

高尔先生还是个一本正经的人，虽然年纪不大，却从来不开玩笑，不说逗趣的话，甚至也很难得笑，他口中怎么说，脸上也怎么表示，脸上怎么表示，口中也是怎么说。监工们有时忍不住会讲句俏皮话，即使在奴隶面前也是如此；可是高尔先生不是这样的人。他不开口则已，一开口便是下命令，一下命令你就得服从；他不愿多费唇舌，用起鞭子来却很慷慨，只要皮鞭能解决问题，他绝不用嘴巴，他挥鞭子的时候，似乎是在尽责任，丝毫不怕会有什么后果。再不愉快的事，他做起来连头皮都不皱一皱；他永远严守在自己的岗位上，毫不懈怠。他不说空话，却是先干了才说。总之一句话，他是个又臭又硬石头般冷酷的人。

他野蛮的程度，只有对他治下的奴隶做出最卑鄙最下流的暴行时那种极度的冷酷才能相比。高尔先生有一次动手鞭笞劳埃上校的一个叫但姆贝的奴隶。他才打了几鞭，但姆贝不想挨打，就跑到河边跳进水里，站在齐肩膀深的水中，不肯出来。高尔先生说他要叫他三声，到第三声但姆贝还不出来，他就开枪把他打死。叫了第一声，但姆贝没有搭理，还是站在原处。第二、第三声也都叫了，但姆贝还是那样，高尔先生根本不和别人商量，也不考虑一下，甚至也没有再叫但姆贝一声，就将步枪举到眼睛前面，仔仔细细地瞄准了他那个站着的靶子，一瞬间之后，可怜的但姆贝再也不在人世了。他那血肉模糊的身体沉入水中，鲜血与脑浆却浮了起来，标明他原来站立的地方。

除了高尔先生以外，种植园里每一个人的心头都袭过一阵恐怖。只有他一个人显得冷静、镇定。劳埃上校和我的老主人问他为什么要采取这样的非常措施，就我所记得，他的回答是这样的，他说但姆贝已变得桀骜不驯，正在给别的奴隶树立一个危险的榜样——如果听之任之，不给奴隶们点颜色看，就会最终导致种植园的统治与秩序的垮台。他断言说，如果有一个奴隶不服管教，而且居然活了下来，那么很快别的奴隶都会学他的样；这样下去，势必是奴隶得到自由，而白人却沦为奴隶。高尔先生的辩护很使主人满意。他继续担任主人家里所在的种植园的监工。他的监工的名声到处传播。他那可怕的罪行甚至都没有受到法院的审讯。这个罪行是在奴隶们面前犯下的，他们当然既无法提出控告，也不能出来作证；就这样，一桩最恐怖最邪恶的谋杀案的凶手逃过了法律的制裁，也逃过了他所生活的社会的谴责。我离开的时候，高尔先生住在马里兰州塔波特县圣迈克尔斯地方；如果他还活着，很可能依旧住在那里；如果是这样的话，他今天一定跟过去一样，在白人中间享有很高的声誉，受到普遍的敬重，仿佛他那有罪的灵魂根本没有沾过同一族类的鲜血似的。

在马里兰州塔波特县，白人杀死一个奴隶或任何黑人，在法院和社会的眼里不算犯罪，我这样说，是经过慎重考虑的。圣迈克尔斯的托马斯·莱曼先生就杀过两个奴隶，其中的一个是被他用斧子劈开脑袋杀死的。他经常炫耀自己怎样干下这可怕、血腥的罪行。我听到过他笑着说，他是附近一带白人中唯一为国家立功的人，如果别人也都同他一样，白人就可以把"该死的黑鬼"清除掉了。

吉尔斯·黑克太太的家离我过去住的地方不远，她杀害了我妻子的表姐，一个十五六岁的姑娘，黑克太太把她全身折磨得惨不忍睹，用棍子打断了她的鼻梁和胸骨，使这个可怜的姑娘几个钟头之后就咽了气。她马上被埋了，可是她在筑得过早的坟墓里才躺了几个钟头又给挖了出来，受到验尸官的检查，他作了个结论，说她是受到严重殴打致死的。这个姑娘被打死的原因是这样的：那天晚上，派她照看黑克太太的婴儿，晚上她睡着了，婴儿哭了起来，她因为一连几天都没有休息，所以没听见婴儿的哭声。她和婴儿都在黑克太太的房里。黑克太太看见这姑娘迟迟不动，就从床上跳下来，拿起火炉边的一根橡木棍，打折了姑娘的鼻梁和胸骨，断送了她的生命。我倒也不能说这个最可怕的凶杀事件在社会上没有引起轰动。它是引起轰动的，但是还不足以使女凶手受到惩罚。也曾经对她发出过一张拘票，但是始终也没有拘捕到案。就这样，她不但逃过了惩罚，甚至也逃过了犯下这样可怕的罪行被法庭传讯将会带来的痛苦。

我详细地叙述了我在劳埃上校种植园时所发生的几起血腥罪行之后，还想简单地提一提另一件事，这是在高尔先生杀死但姆贝的前后发生的。

劳埃先生的奴隶都有利用晚上和星期天摸牡蛎的习惯，他们以此弥补微薄给养的不足。一个属于劳埃上校的老人在摸牡蛎时不小心越出了劳埃上校的地界，来到了比尔·邦德莱先生的地盘。邦德莱先生对此大为生气，就拿上步枪来到岸边，把膛中致人死命的子弹悉数打进了这个可怜的老人的身体。

第二天，邦德莱先生拜访了劳埃上校，他是来赔偿上校的财产损失的呢，还是来辩明自己做法正确的，那我就不知道了。反正这件残忍的案子很快就给掩盖过去。根本就没什么人说起这件事，更没有采取任何行动。即使是在白人小孩之间也流传着一种说法，说什么花半分钱就能要一个"黑鬼"的命，再花半分钱就能把他给埋了。

第五章

　　说到我自己在劳埃上校种植园里的待遇,那是和别的奴隶孩子差不多的。我还太小,没法到大田里去干活,不做地里的活儿又没有多少事情可干,所以我空闲时间还是挺多的。我最主要的工作是傍晚时把牛群赶回来,不让家禽进花园,打扫前院,还有替老主人的女儿卢克丽霞·奥德太太跑跑腿,打打杂。至于我空下来的大部分时间则都用在帮但尼尔·劳埃少爷找他打下的鸟上。我和但尼尔少爷的关系对我不无好处。他越来越喜欢我,以致都成为我的一个保护者了。他不让大孩子欺侮我,还把他的糕点分给我吃。

　　我很少受到老主人的鞭打,除了挨饿与受冻,也很少吃到别的苦头。我经常挨饿,但是受冻给我带来的痛苦更为巨大。在最热的夏天和最寒冷的冬天,我都几乎一丝不挂——没有鞋子,没有袜子,没有外衣,没有裤子,身上光穿一件粗麻布衬衣,只能盖到膝盖。我没有床。要不是在最冷的夜晚我总能偷到一只装粮食的口袋,我准是早已冻死了。我常常钻进这样的一只口袋,头在里面,两只脚露在外面,躺在冰冷、潮湿的泥地上睡觉。我的脚冻裂了一个个大口子,连我现在写文章所用的钢笔都能塞得进去。

　　我们的口粮并不总能准时领到。我们吃的是煮熟的粗玉米渣，这叫"糊糊"。人们把它倒在一只大木盘或大木槽里，放在地上。孩子们被叫来，就跟叫唤猪一样，而他们也像一群猪似的围拢来吞食这"糊糊"；有的用牡蛎壳抓来吃，有的用小石片，有的就干脆用自己的手，没有一个人有勺子。谁吃得最快谁就吃得多；身体最棒的人占据着最有利的地形；反正没几个人是吃饱离开木槽的。

我大概七八岁的时候离开了劳埃上校的种植园。我是高高兴兴地离开的。在我得知我的老主人（安东尼）决定让我到巴尔的摩去跟休·奥德——那是老主人的女婿托马斯·奥德船长的兄弟——一块过时，我心中所涌起的狂喜，是我一辈子也不会忘记的。我是在动身前三天得到通知的。那三天真是我有生以来过得最痛快的日子。三天里大部分的时间我都是在小溪里度过的，我把在种植园里积下的污垢都洗掉，准备上路。

这种行为表明我对仪表的看重倒不是我原来就有的。我花那么多时间洗干净自己，不完全是出于自己的意愿，而是因为卢克丽霞太太告诉我在去巴尔的摩之前必须把脚上、膝盖上的硬垢擦掉；巴尔的摩人非常爱清洁，要是我看上去肮里肮脏人家会笑的。而且她还打算给我一条裤子，要是我不把污垢都洗干净，她就不让我穿上身。想到要有一条裤子了，我美得不知怎样才好了！这个理由够充分的，我不仅要把猪贩子所说的癞癣刮掉，而且简直要把自己的皮也擦去一层。我一本正经地做这件事，生平第一次为了得到某种报酬而去努力工作。

一般孩子和自己家庭的种种关系对我来说都是不存在的。我发现要离开家一点也不难。我的家毫无吸引力；对我来说那根本不是家；离开它，我没有感到是在离开一个值得留恋的地方。我的母亲已经死了，我的外婆住的地方离我很远，我很少见到她。我有两个姐姐和一个哥哥，和我住在同一座房子里；可是自幼和母亲分离几乎把手足之情从我们的记忆之中完全抹去了。我从别的地方寻找自己的家，相信不会找到比我马上要离开的那个家更让我不喜欢的地方。万一我在新的家找到的也是吃苦、挨饿、挨打与受冻，我可以安慰自己说反正留在原处我也逃不脱同样的命运。既然我在老主人的家里尝过不少这样的苦头，也熬了过来，我自然认为在任何地方也能经受得住，更不要说在巴尔的摩了；因为对于巴尔的摩，我多少有一句谚语里所表达的那种感情："宁可在英格兰绞死，也不在爱尔兰寿终。"我强烈地希望能到巴尔的摩去看看。汤姆表哥尽管拙于言词，但是他对这个地方雄辩有力的描述点燃了我的这种欲望。我举出大宅子里的任何一件东西，不管有多么漂亮壮观，他都说在巴尔的摩他见过更美好更壮观的，比我说的那一件强得多。就连大宅本身，尽管挂了许多漂亮的图画，比起巴尔的摩的许多建筑来，也还是逊色得多。我的愿望是如此之强烈，因此我想，只要满足了这一点，即使换个地方会给生活上带来多少不方便，也都是值得的。我离开时没有感到一点点遗憾，而是对未来的幸福怀着最大的希望。

我们是在一个星期六的早晨坐上船驶出迈尔斯河河口去巴尔的摩的。我只记得是星期几，因为当时我还不懂得一个月有多少天，也不知道一年有多少个月。在升帆的时候我朝船尾走去，朝劳埃上校的种植园投去我希望是最后的一瞥。这以后，我来到那条多帆单桅船的船头，在那里待了大半天，朝前面眺望，让自己对远处的东西感到兴趣，而不去看近处和后面的事物。

当天下午，我们来到州府所在地安那波利斯。我们只停留了很短暂的一刻，因此我没来得及登岸。这是我所见到的第一个大市镇，虽然它的规模连某些新英格兰的工厂村镇都不如，我却为它的宏大而惊诧不止——它居然比大宅子农场还要气派呢！

星期天一早我们抵达巴尔的摩，船停泊在斯密司码头，离波莱码头不远。我们的帆船上装有一大群羊；在帮忙把羊赶去位于洛顿·斯莱特山的柯蒂斯先生的屠宰场之后，船上的一个水手里奇带我到阿利西阿纳街的新家去，那地方离加德纳先生的船坞很近，在菲尔斯岬上。

奥德先生和奥德太太都在家，他们带了小儿子托马斯来到门口迎接我，把我给了他们就是为了让我来照顾这个孩子。在这里我见到了过去从来没有见过的东西；那是一张流溢出最慈祥感情的白色脸庞；那是我的新女主人苏菲亚·奥德的脸。我但愿能将我见到这张脸时心灵里闪现的那种狂喜描摹出来。对我来说，这是一个新鲜、奇异的景象，它以一种欢乐、幸福的光芒照亮了我的道路。主人家告诉小托马斯，我就是他的弗烈迪①——他们也告诉我，要看好小托马斯。就这样，我怀着最美好的憧憬开始承担我在新家庭的责任。

我把我离开劳埃上校的种植园看作一生中最有意义的一个事件。要不是偶然的机缘使我从种植园来到巴尔的摩，那么我今天就不会坐在自己的桌子前面，一边享受着自由与家庭幸福，一边写我的自述。而可能，不，应该说八成是仍然在奴隶制折磨人的镣铐底下受熬煎。到巴尔的摩去生活为我日后全部的成功打下了基础，开拓了道路。我一直把它看作仁慈的上苍从那时起对我垂顾，不断赐给我诸多恩惠的第一个明证。我把选中了我看成一件很了不起的事。够条件从种植园被选派到巴尔的摩去的奴隶娃子当然有不少，有的比我小，有的比我大，也有的与我同龄。我是从全体孩子里挑选出来的，而且是第一个、最后一个，也是唯一的一个。

我把这件事看成神圣的上苍的特殊垂眷，也许会被人看作

---

① 对弗烈德里克的昵称。

迷信，甚至自我中心。可是如果我把这个看法隐瞒起来，那就是歪曲了我心灵最初出现的感情。我宁愿冒招人讪笑的风险而忠于自己，也不愿装假而被自己嫌恶。从我最早能记事的时候起，我就以这样一个深深的信念来鼓舞自己：奴隶制不可能永远将我抱紧在它那邪恶的怀里；在我当奴隶的最黑暗的时日里，这个信念的活生生的话语和希望的精神从来没有离开过我，而是像守护神那样安慰着我，伴随我度过晦暗的时刻。这种美好的精神是从上帝那里来的，我向他奉献感恩之心与至诚的赞颂。

第六章

　　我的新女主人后来证明果然是我初次在门口见到时所感觉的那样一个女人——心地极为善良，同情心极为深厚。在用我之前，她从来没有用过一个奴隶，而且在结婚之前她是靠自己的辛勤劳动维持生活的。她的职业是织工；由于一直专心从事自己的职业，她基本上没有受到蓄奴制对人性的腐蚀、败坏的影响。她的善良使我很感意外。我简直都不知道该用什么态度来对待她。她与我们见到过的白种女人全都不一样。我无法用对待白种上等女人的一般态度来对待她。我早先所接受的教导竟然全部不适用。通常认为奴隶应该有的那种低三下四的恭顺态度，用在她面前，根本得不到应有的效果。靠这个并不能讨得她的喜欢；似乎她对此相当反感。她并不认为奴隶照直了看她的脸是一种僭越无礼的行为。在她的面前，最卑贱的奴隶也会感到轻松自如，离开时也会感到心情舒畅得多。她的面容时时布满慈祥的笑容，她的声音简直就是一首悠扬的乐曲。

　　可惜的是，这颗仁慈的心在这种状态下时间很短。与不负责任的权力俱来的致人死命的毒药已经来到她的手里，很快就开始起它的恶魔般的作用了。她那使人愉悦的眼睛，在奴隶制的影响下，很快就变得红红的充满怒气了；她那全然由甜美的和音组成的声调也变得粗粝刺耳了；而那张天使般的脸也已被一张恶魔般的面容所取代。

我来到奥德先生、奥德太太家后不久，她非常和蔼地开始教我认 A、B、C。在我学会了字母以后，她又帮我学由三四个字母组成的词儿的拼法。就在我学到这个阶段时，奥德先生发现我们在干什么，他立即不让奥德太太继续教我，除了举出一般性的原因之外，还特地说，教会一个奴隶识字是不合法的，同时又是不安全的。用他的原话来说，那就是："要是你给一个黑鬼一寸，他就要一尺。黑鬼除了懂得服从主人、照主人吩咐的去做之外，别的是不必知道的。学习只会惯坏世界上最好的黑鬼。"他还说："要是你教会了那个黑鬼（指我）识字，你就再也养不住他了。他一旦有了文化，就再也不适合当奴隶了。他会马上变得不服管教，对主人来说那就一点用也没有了。对他自己来说，有文化也毫无益处，反会带来许多祸害。他会变得不满足与不快活。"这一番话深深进入我的心底，搅动了在那里沉睡不醒的感情，使我产生一个接一个新的想法。这对我来说是一种新的、特殊的启发，解释清了许多晦暗、神秘的事物，我那年轻的心灵也曾对这些事情苦苦思索，却百思不得其解。我现在弄清了过去对我来说曾是一个最不可解的难题——那就是，白人奴役黑人的能力究竟何在。这是一个很大的成就，我对此是很珍视的。从那时起，我懂得了从奴役通向自由的途径何在。这正是我亟须了解的，我在最没有预料的时候找到了它。我一方面为失去我仁慈的女主人的帮助而感到悲哀，同时又为极其偶然从我的男主人那里得到宝贵的指点而感到高兴。明知道没有老师要自学是很困难的，我还是怀着很大的希望，确立下坚定的目标，决意不管花多大的代价也要学会看书。男主人说话时那种果断的神情，他努力让妻子明白教我认字会带来什么恶果的那种严肃表情，都使我深信，他对自己所讲的道理是有深切感受的。这就使我更加确信，对于他所说的识字所导致的结果，我是可以信心十足地寄予希望的。他最害怕的，正是我最希望的。他最喜欢的，也正是我最憎恨的。对他来说是罪大恶极、避之唯恐不及的事，对我来说自然就是趋之若鹜的大好事了；因此他反对我认字的激烈主张足以激励我萌生欲望、下定决心去学习。在学文化这件事上，我得益于男主人激烈反对的和得益于女主人亲切帮助的，几乎是一样多。这两方面的好处我都承认。

我在巴尔的摩才住了很短时间就已看出，在对待奴隶的态度上，这里是与乡间大不一样的。和种植园里的奴隶比起来，城里的奴隶几乎可以算是自由人了。他在吃、穿上面都好得多，还能享受一些种植园奴隶闻所未闻的权利。一种良知的残余、一种羞耻心还在很大程度上约束和抑制着人们去犯种植园里屡见不鲜的残酷暴行。只有那些铁了心的奴隶主，才愿意让自己受折磨的奴隶的哭喊声去惊动不蓄奴的街坊。没有几个人甘愿与恶主的臭名连在一起去招致别人的唾骂；他们最怕人说没让自己的奴隶吃饱。每一个城里的奴隶主都急于博得舍得给奴隶吃的好名声；应该对他们说一句公平话，他们大多都是让奴隶吃饱的。当然，这个常规也有一些令人感到痛苦的例外。就在我们家的对面，在菲尔波特街上，住着一个托马斯·汉弥尔登先生。他有两个奴隶，名叫亨利塔和玛丽。亨利塔大约二十二岁，玛丽大约十四岁；在我们见到的受摧残、受虐待的人中间，最惨的莫过于她们俩了。只有心肠比铁石还硬的人，才会见到她们而无动于衷。玛丽的头部、颈部和肩膀上几乎遍布伤痕。我经常去摸她的头，发现处处都是溃烂的创伤，全是她那狠心的女主人用鞭子抽的。我不知道她的男主人是不是打过她，但是我亲眼目睹过汉弥尔登太太的暴行。我有一度几乎天天都要到汉弥尔登先生家去。汉弥尔登太太总是坐在房间当中的一把大椅子上，身边总是放着一根又粗又重的牛皮鞭，白天几乎

31

每过一个小时，鞭子上都要新沾上一些这个或是那个奴隶的血。姑娘们在经过她身边时很少有不听见她的呵叱的："动作快点，你这黑骗子！"边骂就边抄起牛皮鞭，照她们的脑袋或是肩膀抽去，经常把她们抽得鲜血直流。完了她又说："着鞭，你这黑骗子！"——还找补一句："你不爱动，我来让你动！"这两个女奴除了挨打，还得挨饿。她们简直不知道什么叫吃饱。我看到过玛丽和几只猪抢着吃人家倒在街上的泔脚。由于玛丽经常挨脚踢鞭打，人家都叫她"小挨刀的"，而不去叫她的本名了。

第七章

　　我在休少爷的家里生活了大约七年。在这期间，我设法学会了念书和写字。为了达到这个目的，我不得不采取种种计策。我没有正规的老师，我的女主人起先很仁慈地教我，后来遵从丈夫的劝导和告诫，不仅中止教我，而且还坚决反对任何人来教我。不过，应该说句公平话，我的女主人倒还不是一下子就采取这样的态度的。她起初还没有那么狠心，敢于坚决把我关闭在精神的黑暗之中。她至少还要在使用不负责任的权力上有些训练，才可以使自己称职，能像对待一头牲畜那样对待我。

　　我前面说过，我的女主人是一个仁慈的、软心肠的妇女；我最初去她家的时候，一开始，她那淳朴的心灵使她像对待常人那样地对待我。在刚进入奴隶主角色时，她似乎还不理解，对她来说，我仅仅是一件"动产"而已，因此，对她来说，把我当作一个人不仅是错误的，而且是危险的。事实证明，奴隶制不仅损害了我，同样也损害了她。我刚去她家的时候，她是一个虔诚、热情、心地善良的女人。没有一件忧伤与痛苦的事不引起她洒一掬同情之泪。她施舍面包给饥饿者，赠送衣裳给赤身露体者，对于每一个到她身边来诉苦的伤心人，她都给予抚慰。蓄奴制很快就显示出它有能力败坏她这种天使般的品质。在这种制度的影响下，她那柔软的心肠变成了铁石，羔羊般的禀性让位给母虎似的凶狠。她堕落的第一步就是停止教我读书认字。如今她开始按照她丈夫的训诫行事了。最后在反对让我念书识字上她竟变得比她的丈夫还要激烈。她不满足仅仅按他的吩咐去做；她急于想做得更好。最能使她发怒的莫过于看见我拿了一张报纸在看了。她好像觉得危险本身就隐藏在这里。不止一次她满面怒容朝我冲来，一下夺走我手中的报纸，那副神情完全暴露出她对这件事持有什么看法。她是一个很聪明的女人；很快，用不着多少经验就使她满意地相信，受教育与当奴隶的确是水火不相容的两件事情了。

从这时起，我受到了严格的监督。要是我独自在一个房间里待了稍长的一段时间，我就要被怀疑是在看书，就会马上被叫去说明方才在干什么事。但这一切已经为时太晚。第一步已经走过去了。女主人在教我二十六个字母时，让我"得了寸"，再采取什么预防措施也不能阻止我"进尺"了。

我采取的并且得到很大成功的计划是，和街上遇到的所有白人小孩广交朋友，尽量使他们变成我的老师。在他们不同时间、不同地点所给予我的热情帮助之下，我终于学会了看书。主人派我出去办事时，我总带着书，我先是急急忙忙地走，这样就可以挤出时间来学上一课然后再回家。我主人家里面包任何时候都不缺，我常常带一些在身上，这一点使我常常受到欢迎；我在这方面可比邻近一带许多穷白人孩子要阔绰得多。我常常送面包给饥饿的穷孩子，而他们为了报答，就把更为宝贵的知识的面包回赠给我。我简直忍不住要写出两三个这样的孩子的名字来，作为我对他们感激与爱戴的证明书；可是为了谨慎起见，我不能这样做；——倒不是说这样做会损害我，而是说不定会使他们感到尴尬；因为在这个基督教国家里教奴隶认字几乎是一桩不可宽恕的罪行。我只能说，这些可爱的小家伙住在离杜尔金-巴莱船坞很近的菲尔波特街上。我经常和他们谈当奴隶的苦楚。我有时候对他们说，我真想和他们成年后一样得到自由。"你们满二十一岁就自由了，可是我一辈子都得当奴隶！难道我不该和你们一样享受自由吗？"这些话常常使他们困惑；他们总向我表示最深切的同情，并且安慰我说，总有一天会发生什么事使我能得到自由的。

我现在十二岁了，"一辈子当奴隶"的想法开始沉重地压在我的心头。差不多就在这个时候，我弄到了一本书，书名叫《哥伦比亚演说家》。我一有机会就读这本书。书中有趣的材料很多，其中有一篇是一个主人和他的奴隶的对话。那个奴隶三次从主人那里逃跑。对话就是奴隶第三次被抓回来后在主奴之间进行的。在这篇对话里，所有赞成奴隶制的论据都由主人提出来，可这一切又被奴隶驳倒了。作者让奴隶在回答主人时说了一些非常机敏也是非常有说服力的言论——所获得的效果令人满意却也出人意外，因为谈话的结局是主人自愿解放奴隶。

在同一本书里，我还读到了谢里丹①的一篇论及与主张天主教解放的雄辩有力的演说。这些对我来说都是精选的文献。我翻来覆去一遍又一遍地念，兴趣始终不减。它们赋予我心灵中有趣的思想以语言的外形，这些思想经常在我心中涌现，由于没能表达出来而自行消亡。那篇对话给我的启发是：真理的力量甚至能把一个奴隶主的良心战胜。我从谢里丹那里学到的则是对奴役的大胆谴责和对人权的有力维护。读这些文献使我能够表达自己的思想，能够驳斥主张维持奴隶制的论调；但是就在它们使我解除了一种困难的同时，却又给我带来另一种甚至比旧的更令人痛苦的新的困难。读的遍数越多，我就越加憎厌和鄙夷我的奴役者。我不能不用这种眼光来看待他们：这是一

① 理查德·谢里丹（1751—1816），英国戏剧家，当过议员，他在议会多次发表内容进步的演说。拜伦对他的演说十分推崇。

伙得逞的强盗，他们离开自己的家，去到非洲，把我们从我们的家中偷出来，又在一片陌生的国土上使我们沦为奴隶。我憎恨他们，这是些最卑鄙同时又是最邪恶的人。就在我读着书、思考着这个问题时，瞧呀，休老爷预言我识字后必定接踵而来的那种不满情绪已经出现了，它正在折磨、刺痛我的灵魂，使我痛苦得难以名状。在我疼得直扭的时候，我偶或也会感到，学会读书真是一个祸害而不是一件好事。它让我看清自己的悲惨境况，却不提供任何疗救手段；它使我睁开眼睛见到可怕的深渊，却不让我找到那把可以从中爬出去的梯子。在痛苦的时刻里，我不禁羡慕起奴隶同伙们的浑浑噩噩来。我常常希望自己是一头牲畜。我宁愿过最低级的爬行动物的生活而不愿像这样做一个奴隶。让任何东西，不管是什么都行，来免除我思考的能力！正是这种对自己状况时时刻刻都进行着的思考，在折磨我。而且我还没有解脱的可能。眼睛所见到、耳朵所听到的有生命的、没有生命的种种事物，都会勾起我的心事。自由的银号角唤醒了我的灵魂，使它处于永恒警醒状态之中。自由既然已经出现，就永远也不再消失。在每一种声音里都可以听到它的存在，在每一个物体里都可以见到它的存在。它无时不在，无处不在，总让我强烈地感觉到自己的悲惨命运，从而折磨着我。我不管看什么都能看到它，不管听什么都能听到它，不管感觉什么都能感觉到它。它在每一颗星辰里朝下张望，在每一种宁静里朝外微笑，在每一股轻风里呼吸，在每一次风暴里疾奔。

我常常发现自己在悔恨为什么要活着，我宁愿自己不在人世；要不是怀着能得到自由的希望，我毫不怀疑我会杀死自己，或者是干出一件什么事来让人家把我杀死。当我处在这种精神状态时，我热切地希望听到任何人谈论奴隶制的事。我那时是一个热心的听者。过不了多久，我总能听到人们说起废除主义者①的事。我过了一个时期才搞清楚这个词的意思。它总用在某些方面，以致使它成为一个我感兴趣的词。要是有个奴隶逃跑了而且逃跑成功没有给抓住，要是有个奴隶杀了他的主人，放火烧了谷仓，或者干了什么在奴隶主看来大逆不道的事，人们就要说这都是"废除"的结果。经常听到这个词被这样用，我开始明白了它的意义。词典简直帮不了我多少忙。我发现对它的解释是"废除的行为"；可是我又不知道要废除的是什么。这时候我感到很为难。我又不敢去问任何一个人这个词到底是什么意思，因为我很清楚这正是人们不愿让我太多知道的事。在耐心等待了一个时期之后，我弄到了一份本埠的报纸，里面登载着一条消息，报道来自北方的一些呼吁，如希望哥伦比亚特区能废除奴隶制，又如主张废除州与州之间的奴隶买卖。从这时候起，我才明白了"废除"和"废除主义者"这两个词的意思，一听到人家说这个词就总挨身过去，希望能听到一些对自己和奴隶同伴来说重要的消息。我是逐渐逐渐才明白事情的真实情况的。有一天我来到华特斯先生的码头，我看见有两个爱尔兰人在卸一船石头，我自动过去帮他们的忙。干完活之后，他们当中的一个过来问我是不是奴隶。我告诉他说是的。他问："你是终身奴隶吗？"我告诉他说是的。这个善良的爱尔兰人似乎深深为我的陈述所打动。他对另外的那人说，像我这样一个可爱的小家伙居然要当一辈子的奴隶，实在可怜。他还说让我当奴隶是一件可耻的事。两个人都劝我逃到北方去；说我到了那边会找到朋友的，会得到自由的。我假装对他们说的话不感兴趣，用假装不懂他们的话的态度来对待他们，因为我怕他们说不定是奸诈的人。据我所知，有些白人先是唆使奴隶逃跑，

---

① 废除主义者（abolitionist），一般译为"废奴主义者"。此处为了照顾下文暂且采取一个不包含宾语的译法。

然后又把他们捉住送还给他们的主人，好拿犒赏。我担心这两个人看起来像是很善良，没准要这样利用我；不过我还是记住了他们的劝告，从那时起我决心要逃跑。我在等待一个时机可以安全地跑掉。我还太小，不能考虑立即采取行动；再说我还想学会写字，因为说不定我还得给自己写通行证呢。我用有一天会遇到好机会的前景来安慰自己。与此同时，我决心努力学习写字。

我可以学会写字这个念头是在杜尔金-巴莱船坞时形成的，我常常看见造船的木匠在砍好木头、备好一根可以用的木料时，总在木料上写上准备做船上哪个部分的名称。要是一根木料预备用在左舷部分，上面就写一个"左"字。要是预备用在右舷，就写一个"右"字。要是用在左舷前方，就写上"左前"字样。用在右舷前方，则写"右前"。是左舷后方，则写"左后"。是右舷后方，则写"右后"。很快我就学会了这些字，也明白了它们写在船坞上的木料上时代表的是什么意思。立刻，我开始摹写这些字，过不了多久就学会了写这四个字。这以后，每当我遇到一个我知道会写字的小孩，我就对他说我和他一样，也会写字。对方的回答必定是："我不信。你写给我看。"于是我就把我有幸学会的几个字写出来，要求他超过我。就这样，我上了好多堂写字课，倘若不用这个办法，很可能我一辈子都上不了这么多课。在这个期间，木板栅栏、砖墙、人行道都是我的练习本；我的钢笔和墨水则是一块白垩。用这些材料，我大致学会了写字。接下去我开始并且持续不断地把《韦氏拼音课本》当作字帖，练习写斜体字，一直练到我不看课本就能写出所有的字。到这时候，我的小主人托马斯上学了，他学会了写字，而且写完了好几个练习本。这些本子被带回家，拿给街坊看过后，便撂在了一边。我的女主人每星期一下午总要到威尔克街会堂去开读经会，把我留在家里看家。她走了以后，我总是把时间花在写字上，我在托马斯少爷练习本留下的空行上写字，临摹他的笔迹。我一直这样做，到后来我写出来的字和托马斯少爷的笔迹简直没什么两样。就这样，在好几年长期、令人烦厌的努力之后，我终于学会了写字。

第八章

在我去巴尔的摩住之后不久，我的老主人最小的儿子理查德死了；在他死后大约三年半，我的老主人安东尼船长也死了，只留下儿子安德鲁和女儿卢克丽霞分享他的产业。他是到希尔斯巴勒探望女儿时去世的。由于猝然身亡，他没有留下遗嘱说明应该如何处置他的财产。因此就有必要把他的产业作一个估价，以便平分给卢克丽霞太太和安德鲁少爷。我立刻给召回去，以与其他产业一起估价。这时我又一次对奴隶制产生了强烈的憎恨。如今我对自己屈辱的地位已经有了一个新的看法。在这以前，我如果不是对自己的命运麻木不仁，起码也是相当麻木不仁。在离开巴尔的摩时，我那颗年轻的心重重地载满忧愁，我的灵魂为焦虑所充塞。我是搭乘野猫号和罗船长一起去的，在航行了将近二十四个小时之后，我发现我来到了出生地的附近。这时候我离开这里几乎满五年了。可是我对这个地方还是记得清清楚楚。我离开这儿到劳埃上校种植园去跟老主人过时只不过五岁光景；因此这时候我准是在十到十一岁之间。

我们全体排成了队让人估价。男的女的、老的少的、已婚的和未婚的，都和马、羊、猪排在一起。这里有马匹和男人，牛群和女人，猪猡和小孩，都作为一类东西排在一个队伍里，都要经受同样严格的检验。白发苍苍的老人和生气勃勃的少年，

40

年轻的姑娘和庄重的大妈，都得经受同样无礼的检查。在这个时刻，我比任何时候都更清楚地看到，奴隶制如何把奴隶以及奴隶主都变成了畜生。

在估产之后，析产开始了。我无法用语言来表达我们这些可怜的奴隶当时所感到的极度的激动与深深的焦虑。我们的终身命运就要在这一时刻决定了。对这个决定，我们并不比和我们排列在一起的牲畜多一点点发言权。不管我们怎样希望、祈祷、哀求，白人说的一个字就足以使最要好的朋友、最亲近的族戚、最密切的联系割断。除了分离的痛苦之外，人们还极端畏惧落到安德鲁少爷手里。他是个出了名的最残暴的坏蛋——又是一个众所周知的酒鬼，由于不善管理与挥霍浪费，他已经败掉了父亲很大的一笔家产。我们都觉得，与其落进他手里，还不如立刻卖给佐治亚州的奴隶贩子呢。因为我们知道这将是我们无法逃避的命运——也是我们所有人都极为畏惧和憎厌的命运。

我比大多数的奴隶同伴更加焦虑。我已经尝到过较好待遇的滋味，他们对此却毫无体会。他们很少见过或是根本没有见过什么世面。他们是名副其实的泡在苦水里长大的人，对忧患可以说已经习以为常。他们的背常常遭到血腥的鞭笞，因此已经变得很粗糙、可我的背还很细嫩，因为在巴尔的摩我很少挨到鞭打，没有几个奴隶可以夸口说有比我的主人更加仁慈的男女主人了。一想到可能从他们手里转移到安德鲁少爷的手里，就足以使我为自己的命运担忧。他这个人，就在几天之前，为了让我知道他爱让人流血的脾气，一把抓住我小弟弟的脖颈，把他推倒在地，接着又用靴子的后跟踩他的脑袋，直到血从他的鼻孔和耳朵里涌流出来。在干完这件野蛮的暴行后，安德鲁少爷转身向我，说过几天也要用这样的办法来对付我——他的意思是，我想，等我落到他手里之后。

感谢仁慈的老天爷帮忙，我总算划归卢克丽霞太太所有，而且立刻就派回到巴尔的摩，重新和休少爷一家一起过日子。他们看见我回来时表露出来的喜悦，在程度上真比得上当我离去时的那份悲伤。那一天对我来说是个欢乐的日子。我总算从比狮爪更难忍受的魔掌中逃脱了。我为参加估产、析产离开巴尔的摩才差不多一个月，可是感觉上似乎都有半年之久了。

就在我回到巴尔的摩之后不久，我的女主人卢克丽霞去世了，离开了她的丈夫和一个孩子阿曼达；在她死后不久，安德鲁少爷也死了。如今我的老主人的所有产业，包括奴隶在内，都落入了外人之手，这些人与财产的敛聚毫无关系，但是没有一个奴隶获得了自由。所有的奴隶仍然都是奴隶，从最小的一直到最老的，莫不如此。如果说在我的经历中有一件事比任何别的事都更能加深我对奴隶制邪恶本质的认识，更能使我对奴隶主充满难以言喻的憎恨，那就是他们对我可怜的老外婆的忘恩负义了。她从青年时期到老年一直为我的老主人忠心耿耿地服务。她是他所有财富的源泉；她为他的种植园增加了许多奴隶；在为他帮佣期间，她起了他的一位曾祖母的作用。在他是个婴儿时，她哄他入睡，在他孩提时照顾他，伺候他一辈子，在他死时还为他擦去弥留之际冰凉的额头上的冷汗，并且替他阖上眼睛让他安息。然而她被移交给陌生人时仍然是一个奴隶——一个终身的奴隶；在他们手中她看着她的儿女、她的孙辈和重孙像许多羊儿那样被分开，对他们或是她的命运连一句抚慰的话都没有。尤有甚者，好像他们卑鄙的忘恩负义与邪恶的野蛮行为还不够厉害似的，对于我那个如今已经非常老迈、活得比我的老主人和他所有的孩子都久、看见了他们所有人的始和终的老外婆——她的新主人发现她已经没有什么用了，她的身体已为老年的各种病痛所压垮，过去非常灵活的四肢不知不觉间已变得难以动弹——对于我的老外婆，他们竟用这样的方法处置:把她弄到森林里去,给她盖了一间小屋子,垒起一个小小的土烟囱,把她扔在那里,任她在极端孤独中自己管自己。事实上就是让她去死!如果我那可怜的外婆现在还活着,她也是在极端的孤寂中忍受痛苦:她在怀念和哀叹被夺去的儿女,被夺去的孙辈,被夺去的重孙们。他们,用奴隶诗人惠蒂埃 ① 的话来说,是——

> 走了,走了,被卖到南面
> 去到潮湿、寂寞的稻田,
> 那里凶狠的皮鞭不断挥动,
> 叮咬人的是有毒的昆虫,
> 那里随着降落的夜露
> 瘟神在散布热病的病毒,
> 那里穿过燠热的瘴雾
> 致病的日光还使人炫目:
> 走了,走了,被卖到南面
> 去到潮湿、寂寞的稻田,
> 离开了弗吉尼亚的碧水青林——
> 我被抢走的女儿们哟,让我伤心!

炉火暗淡。孩子们,那些不懂事的孩子,以前都在她的面前唱歌、跳舞,如今都走了。她因为耄耋而目光蒙眬,为了喝一口水都要摸索着走去找寻。她听不到儿孙们的声音,听到的只是白天鸽群的咕鸣和夜晚邪恶的鸱鸺的怪叫。一切都那么凄凄惨惨。坟墓就在她的门前。如今,就在老年的病痛把她压垮、

----

① 约翰·格林利夫·惠蒂埃(1807—1892),美国诗人,从1833年起积极投入废奴运动,写了不少诗,揭露奴隶主的暴行。

43

她的脑袋伛向脚尖、一生的开端与结局逐渐接近的时候，就在孤弱的婴儿时期与病痛的老年时期合二而一的时候——在这个时刻，这个最需要帮助的时刻，这个应该得到儿女们对衰老的父母的关怀与体贴的时刻——我这位可怜的老外婆，十二个儿女的慈祥的母亲，却被独自一人留在那儿，在那所小茅屋里，面对着一堆只剩下微火的残烬。她站起来——她坐下——她蹒跚而行——她跌倒在地——她哀鸣呻吟——她生命寂灭——却没有一个儿孙在场，帮她擦去满是皱纹的额角上死亡的冰凉汗珠，或是把她的遗骨埋葬入土。正义的上帝怎么就不来过问一下这样的事情呢？

在卢克丽霞太太去世大约两年后，托马斯少爷又娶了他的第二个妻子。她的名字是罗伊娜·汉弥尔登。她是威廉·汉弥尔登先生的大小姐。少爷现在住在圣迈克尔斯。他结婚之后不久，就和休少爷之间产生了一些误解；为了惩罚他的兄弟，他让我离开休少爷而跟随他在圣迈克尔斯住。这时候，我又经历了另一次最辛酸的离别。这次倒不像分家产时那样痛苦；因为这一期间，在休少爷和他那位曾经是很仁慈、温柔的妻子的身上已经起了很大的变化。白兰地（对他）和奴隶制（对她）使他们两人的性格都有了灾难性的改变；因此，光就他们而言，我认为这次分离不会给我带来多少损失。使我感到难舍难分的不是他们，倒是巴尔的摩的那些小男孩最让我舍不得。我已经从他们那里学到了不少有益的课业，而且还在继续学，一想到要和他们分手真使我痛苦万分。况且我这次离去是再也没有获准回来的希望了。托马斯少爷发了话说他再也不让我回这儿来了。他认为他与他兄弟之间的鸿沟是无法逾越的。

这时候我不免感到遗憾，怪自己为什么不至少作出一些努力，试图把逃跑的计划付之实现。因为，从城里逃跑成功的机会要比乡间大十倍呢。

我搭乘阿曼达号多帆单桅船从巴尔的摩驶往圣迈克尔斯，船长是爱德华·多德生。在航程中，我特别注意了那些驶往费城的轮船的路线。我发现，到了北角之后，那些船不朝南走，却在海湾里朝东北方向驶去。我认为知道了这一点是至关重要的。我逃跑的决心又死灰复燃了。我决意等待，直到一个合宜的机会出现。只要这个机会一出现，我就决心逃走。

第九章

　　现在，我叙述到一个我的一生中可以提供日期的阶段了。一八三二年三月，我离开巴尔的摩，到圣迈克尔斯去帮托马斯·奥德少爷干活。这时候，离开我在劳埃上校种植园老主人家里和他一起生活已经超过七年了。自然，我跟他几乎都像是陌生人了。他对我来说是一个新的主人，我对他来说则是一个新的奴隶。我对他的脾气、禀性一无所知；他对我也是全然不了解。可是一个很短的时期之后，我们就都摸透了对方的脾气。我对他妻子的了解也同样透彻。他们是天生的一对，都同样的悭吝和残暴。如今，七年多以来第一次，我被弄得感觉到了饥肠辘辘的痛苦——这种滋味自从我离开劳埃上校的种植园以来还没有再次尝到过呢。我饿得这么厉害，以致都回忆不起来吃饱时的滋味了。在休少爷家里待过之后，饥饿的滋味更变得十倍地难以忍受了。在那里，我一直能够吃饱，而且食物的质量都很好。我方才说托马斯少爷是个悭吝的人，他确实如此。即使在奴隶主中间，不让奴隶吃饱也被看作小气的恶性发展。一般的规矩是：饭食粗一些倒没关系，但总要让人吃饱。这是大家奉行的主张，在我所来自的马里兰州的那个地区，大家也都是这样做的——当然也有种种例外。托马斯少爷却不管是粗的也好细的也好，都不让我们吃饱。在厨房里吃饭的有四个奴隶——我的姐姐依利莎、我的姨妈普利斯西尔拉、韩妮和我；我们一个星期只能领到不到半蒲式耳玉米面，别的东西极少——不管是肉还是蔬菜。靠这些东西要维持我们的生命是不行的。因此我们只得打邻居的主意来维持最低的生活水平了。我们或是乞讨或是偷窃，在急需时什么办法凑手就用什么办法，两种办法在我们看来都同样是合法的。有好多次我们这几个可怜虫几乎活活饿死，可是与此同时有大量的食物堆放在库房、熏制间里发霉变质，而我们那位虔诚的女主人是知道真实情况的；正是这样一位女主人和她的丈夫每天早上都要跪下来，祈求上帝保佑他们面包篮与仓库里充盈富足！

当然，天下奴隶主一般黑，但是他们或多或少都还具有某种令人尊敬的品质。而我的主人却偏偏任何一种好品质都不具备。我从来没听说他做出过哪怕是一件高尚的行为。他性格中最主导的因素就是吝啬，如果还有什么别的因素，那也是从属于这一点的。他极其小气；而且像大多数小气鬼一样，他缺乏能力来掩盖自己的吝啬。奥德船长并不是出生在一个奴隶主的家庭里。他以前也很穷，只不过是一条在海湾里行驶的小船的船东。他所有的奴隶都是通过结婚得来的；在各种人里，入赘的奴隶主是最不要脸的一种人了。他很残暴，却又很懦怯。他指挥别人，却又不果断。在推行他的规定时，他有时很严格，有时又很放松。有时候，他训起奴隶来像拿破仑那么坚定，像魔鬼那么凶狠；可是在别的时候，你简直会以为他是个迷了路打听该怎么走的行人。要不是耷起一对驴耳朵露了马脚，他简直可以冒充是头狮子了。他装模作样使自己显得很高贵，可是正是他的小气使他现出了原形。他在派头、语言和动作上都学奴隶主世家子弟，可是正因为是学的，所以不伦不类，非驴非马。他连学也学得不像。他拥有一切欺瞒人的谋略，却缺乏那种气势。由于缺乏内在的才具，他不得不成为许多人的效颦者，正因如此，他始终受到前后不一的牵累；其结果是为人所轻贱，连自己的奴隶也看不起他。能奢华地享受自己奴隶服侍对他来说是一件缺乏精神准备的新鲜事儿。他成了一个奴隶主，却没有管理奴隶的能力。他发现不论用强力、威胁还是欺骗的手段都无法使他的奴隶们就范。我们很少叫他"老爷"；我们一般都称他"奥德船长"，能不用尊称就尽量不用。我毫不怀疑我们这样做更加使他显得非驴非马，他当然大为恼火。我们对他不敬准是使他感到非常苦恼。他希望我们都称呼他为老爷，可是又缺乏应有的坚定性。他的妻子一直坚持让我们这样称他，可是也没有用。一八三二年八月，我的主人参加了在塔波特县海湾区召开的一次卫理公会的野营大会，在那里获得了宗教信仰。我还天真地抱着一丝希望，以为他的改变教派会导致他解放奴隶，如果这一点做不到，也至少会使他变得稍稍仁慈，稍稍有人情味一些。可是在这两个方面我的希望都落空了。他对奴隶既没有变得宽厚一些，更没有解放奴隶。要是说这次宗教行动对他的性格有什么影响，那就是使他各方面的行为变得更加残暴，更加可憎；我相信，他改宗之后变得比以前恶劣得多了。在这之前，他用自己的邪恶本性来掩护、支持自己的残暴行为；可是在改宗之后，他更有了宗教上的认可与支撑。他在装作虔诚这一点上面下了最大的功夫。他的居所真可谓是祈祷者之家了。他早晨、中午、夜晚都祈祷。很快，他就在教徒中间享有盛名，不久就成为一个读经班的领袖和劝信者。他在信仰复兴上起了很大作用，显示出他在使许多心灵恢复信仰上不愧为教会的得力工具。他的家变成了牧师之家。他们都很喜欢上这儿来小住数日，虽然他让我们挨饿，他却把他们喂得饱饱的。我们家里有时竟同时有三四个牧师前来做客。我在那里时，来得最多的是斯笃克司先生、埃弗利先生、享弗利先生和希基先生。我也见到过乔治·柯克曼先生来我们的家。我们这些奴隶喜欢柯克曼先生。我们相信他是好人。我们认为他在使塞缪尔·哈里生先生，一个广有钱财的奴隶主，释放自己的奴隶上是起了作用的。我们根据一些线索得出这样的印象：他正在努力推动使所有的奴隶都能得到解放。当他来我们的宅子住时，我们总是被召进屋子一起祈祷。要是别的牧师来，我们有时被叫进去有时候又不被叫进去。柯克曼先生比所有别的牧师都更关心我们。他来到我们中间时总不免透露出对我们的同情，我们虽然愚鲁，这一点还是看得分明的。

当我在圣迈克尔斯和主人一起过的时候，有一个叫威尔生先生的白人青年建议办一个主日学校，好让想读《新约》的奴隶学会认字。我们只上了三次课，就被轰散了，威斯特先生和费尔班克斯先生——两个人都是读经班的头头——带领了许多人，手持棍棒和石块，把我们轰散，他们不许我们再聚集。我们在虔诚的圣迈克尔斯那所小小的主日学校就这样寿终正寝了。

我上面说过，我的主人总为自己的残暴行为寻找宗教上的根据。我这里仅仅举出许多件事实中的一件作为例子，来证实我的指控。我见到过他把一个跛脚的女青年捆起来，用一根粗粗的牛皮鞭抽她赤裸的双肩，使得温热的鲜血汩汩地流下；为了证明这件血腥的行为是有道理的，他还引用以下这段经文——"明知主人意旨却不执行的人，应该蒙受多次鞭打。"

主人能把这个皮肤被撕裂的女青年牢牢地捆在那儿，一次长达四五小时之久。我见到过他清晨就把她捆起来，早餐前抽她一顿；把她扔在那儿，自己到店里去，吃过午饭，又抽她一顿，把早先抽得皮开肉绽的地方又抽得鲜血直流。主人对待"韩妮"这么野蛮的秘密在于她几乎没有劳动的能力。她还很小的时候有一次掉进火里，烧伤得很厉害。她的双手严重灼伤，一直不能用来做事。除了背运重物，别的活儿她差不多都不能干，对于主人来说，她成了一张支出的账单。主人又是个小气鬼，因此她就成了一枚眼中钉。他似乎急于要把这个可怜的姑娘从世界上消灭掉。有一次他把她送给自己的姐姐，但是因为这份礼物不怎么佳，姐姐不愿意收。最后，我的所谓乐善好施的主人，用他自己的话来说，便"随她去，死活由她自己"了。这还是一个新近恢复了信仰的人呢，他紧抱住孩子的母亲，却同时把她残弱无告的孩子驱赶出去，让孩子饿死！托马斯少爷就是那种为数甚多的虔诚的奴隶主中的一个，他们声称自己蓄奴完全是为了"照顾好奴隶"这样一个"慈善"的目的。

我的主人和我在许多方面都不相同。他发现我不符合他的需要。他说，我的城市生活对我起了极其有害的影响。它败坏了我，在我做任何有用的事时都起破坏作用，做任何坏事时都起促进作用。我最大的一个错误就是常让他的马儿跑掉，跑到他丈人的农场去，那儿离开圣迈克尔斯大约有五英里。马跑了，我只得去找。我之所以这样不用心，或者说别有用心，是因为到了那边，我总能弄到一些吃的东西。我主人的岳父威廉·汉弥尔登老爷倒总是让他的奴隶吃饱的。我从来没有饿着肚子离开过那儿，不管主人是多么急于要让我回去。托马斯少爷最后说他再也不能忍受了。那时候我已经和他一起生活了九个月，在此期间他狠狠地抽打了我许多次，可是都不奏效。他决心送我出去受驯，他就是那样说的。为了达到这个目的，他把我租给一个叫爱德华·科维的人，期限是一年。科维先生是个穷人，他的农场是租来的。不但地是租来的，而且连种地的人也是租来的。科维先生以善于驯服年轻的奴隶而闻名，这样的名声对他有极大的价值。这使他能以很少的代价耕耘他的土地，倘若他没有这个名声，代价可就要大得多了。有些奴隶主认为让科维先生无偿使用他们的奴隶一年并不是很大的损失，因为这样一来这些奴隶可以得到训练，还不用交学费。由于有这样的名声，他可以很容易雇到年轻的帮手。科维先生除了具有这些天生的优秀品质之外，还是一个公开表示信仰宗教的人——一个虔诚的人——是卫理公会的成员和读经班的头头。所有这些都给他的"黑奴驯师"的名声增加了分量。这些事情我知道得很清楚，因为在科维那里待过的一个年轻人把这一切都告诉过我。尽管如此，我还是乐于有这样的变化；因为我深信到了那边会有足够的东西吃，对于一个饥饿的人来说这可不是一件小事。

第十章

一八三三年一月一日，我离开托马斯少爷的家，去替科维先生干活。我这是生平第一次干庄稼活。在干这种陌生的活儿时，我发现自己比刚进城的乡下孩子还要傻头傻脑。我到新的家才一星期，科维先生就狠狠地鞭打了我一顿，打得我的背皮开肉绽，鲜血迸流，背上的肉一条条肿得足足有小手指那么粗。这件事的详细经过是这样的：一月里我们那里最冷的一天，大清早，科维先生就差我到树林里去装一车木柴回来。他派给我一对野性未驯的牛，告诉我哪头该套在里面，哪头该套在外面。接着他把一根粗绳子的一端缚在里面的那头牛的角上，把另一端交给我，告诉我说，要是牛惊跑起来，我就得紧紧地拽住绳子。我以前从来没有赶过牛，当然很笨手笨脚。不过我总算没费多少事就来到了林子跟前；可是进林子里没多远，牛就惊了，它们拼命奔驰，拉着车擦过树木，翻过树墩，模样非常怕人。我每分钟都预料自己的脑浆会溅在树上。这样奔了相当长的一段路后，它们终于把车拖翻，车子猛烈地撞上一棵树，两头牛则摔倒在虬结的矮树丛里。我自己也不知道是怎么死里逃生的。我一个人孤零零处在这茂密的林子里，在这个对我来说完全陌生的地方。我的车子翻倒了，四分五裂，我的牛也在小树丛里挣扎，没有任何人来帮助我。经过长时间努力之后，我总算把车子收拾好，把牛拖了出来，又套上车。接着我把牛赶到昨天砍木头的地方，满满装了一车，以为这样一来就能驯服那两头牛了。于是我寻路往家走去。我这时已经用了半天的时间了。我安全地走出林子，总觉得这下子可没有什么危险了。我勒住牲口，下来打开林子的木门；我刚打开门，还没有来得及重新拿起缰绳，牲口又惊了，它们冲过门时，将门夹在车轮与车身之间，碾成碎片，牲口间不容发地在我身边擦过，差点没把我撞在门柱上。就这样，在短短的一天里，我就两次与死神交臂而过。回到家里，我告诉科维先生发生了什么事，又是怎么发生的。他命令我马上再到树林里去。我照做了，他跟在我的后面。我刚进树林，他就走上来叫我停住车子，说他要为了我磨洋工和破坏门而教训我。于是他走到一棵大桉树跟前，用斧子砍下三根大树枝，又用小刀把它们修得整整齐齐，然后命令我把衣服脱下。我没搭理他，仍旧穿着衣服站在那儿。他重复了一遍命令。我还是不睬他，也没有动手脱衣服。这时他像头猛虎似的恶狠狠地向我冲来，扯下我的衣服，鞭打我，直到抽坏了所有的树枝，他把我打得那么厉害，以致鞭痕很久以后都还清晰可见。这次鞭打只不过是第一次，以后还为了类似的原因发生过好多次。

我在科维先生家里待了一年。头上六个月，我很少有一个星期不挨他打。我的背几乎经常是肿着的。我的笨手笨脚往往是挨打的原因。我们干活的时间长得到了难以忍受的程度。离天亮还很久，我们就得起来喂马，天蒙蒙亮，我们就得扛上锄头牵了犁地的牲口下地。科维先生给我们的饭食分量倒是够的，但是时间不够。我们往往不到五分钟就得把饭吃完。从天蒙蒙亮一直到天擦黑，我们都在地里干活；逢到要贮存饲草的时候，甚至半夜都能看到我们在地里捆草。

科维也和我们一起下地。他又怎么受得了呢？原来这里面有文章。他每天下午都美美地睡上一大觉。到了黄昏，他精神焕发地出来，用咒骂、自己的带头、更经常的是皮鞭，来催促我们。奴隶主能自己动手干活的不多，科维先生倒是一个。他干起活来还挺泼辣。他从切身经验中知道一个成人和一个小孩能够干多少活。你瞒不了他。不论他人在还是不在，他的活没人敢住手；他自有办法让我们觉得他总在我们身边。这一点他是靠吓唬我们办到的。只要能偷偷地摸到我们干活的地方来，他就绝对不公然前来。他总想给我们来个措手不及。他实在诡计多端，所以我们背后都管他叫"蛇"。我们在玉米地里干活的时候，有时他为了不让人察觉，就匍匐着爬过来，快到我们中间时便猛然跳起来，喊道："嗨，嗨！快点儿，快点儿！加紧干，加紧干！"这就是他突然袭击的典型方式，因此连歇一口气都是不安全的。他的来临就跟一个黑夜的窃贼一模一样。他使我们觉得他老是在我们身边。他好像是在种植园的每一棵树下面、每一个树墩后面，在每个树丛中，以及每扇窗子的背后。有时他骑上马，仿佛要到七英里外的圣迈克尔斯去，可是半小时后你可以看见他蜷缩在木栅栏的角落里，注视着奴隶们的每一个动作。为了达到这个目的，他有时就把马拴在林子里。还有些时候，他走到我们面前，吩咐我们这个那个，仿佛马上要出远门似的，说完他就转过身子，好像要到屋子里去做上路的准备；可是走到一半，他就突然停住，爬到栅栏的角落里，或是躲在树背后，监视我们直到日落。

　　科维先生的专长是他特别善于欺诈。他的一生就是专门用来谋划和实现最下流的诡计的。他所具有的任何学识与宗教修养，都被他用来为自己欺诈的秉性服务。他仿佛觉得自己聪明得都可以欺骗全能的上帝了。他早晨做一次短祷，晚上做一次长祷；看来很奇怪，有时仿佛天下真的没有什么人比他更虔诚了。他家里的礼拜总是从唱诗开始；他自己嗓子实在太糟，所

54

以领唱这个任务就往往落到我的头上。他总是把赞美诗念上一遍，然后点点头叫我开始。我有时照着做了；有时却不听他的。我的不听话往往会造成很大的混乱。为了表示他不靠我也行，他就硬着头皮把赞美诗唱起来，荒腔走调得不成模样。在这种心境里，他却比平时祈祷得更加热心。可怜的家伙！他这个人脾气就是这样，他又是如此善于欺骗，我真的相信，他有时哄得自己一本正经地认为，自己是至高无上的主的虔诚的崇拜者呢；但同时，也就是这个人，可以说强迫自己的女奴犯了与人通奸的罪。这件事情是这样的：科维先生并不富裕；他刚刚开始创业；他只买得起一个奴隶；说来叫人吃惊，用他自己的话说，他买她来是当作"下崽的母牲口"使唤的。这个女人名叫卡罗琳。科维先生从离圣迈克尔斯六英里的托马斯·洛伍先生手里买下了她。她是一个高大、健壮的女子，大约二十岁。她生过一个孩子，这就证明她符合科维的要求。买下她以后，科维雇了一个已婚的男子，名叫塞缪尔·哈里森先生，期限一年；他竟每天晚上把这雇工和女奴关在一个屋子里！结果是年终时，这个不幸的女人生了一对双胞胎。这件事似乎使科维先生大为高兴，他对那个男人和那不幸的女人都很满意。他和他的妻子都兴高采烈，好像在卡罗琳囚禁的期间他们为她做的一切真是再好不过，再尽心不过的了。在他们看来那两个孩子是给自己增加了一大笔财富。

　　如果问我一生中哪个时期吃奴隶制的苦头最多，那就是替科维先生干活的头六个月了。不论是什么天气我们都得干活。从未因气候太热或是太冷，也绝不曾因为风、雨、雹子、大雪太厉害，我们就不用下地。干活，干活，干活，这既是白天的命令，又是晚上的命令。最长的白天他都觉得短，最短的夜晚他也觉得长。我初去那会儿还有点桀骜不驯，可是几个月以后，他的"管教"使我没有了火气。科维先生成功地制服了我。我的身体、灵魂和精神都给驯服了。我身上天生的活力被打垮了，我的智慧萎谢了，我那种好读书的癖性死亡了，遗留在我眼睛里的愉快的火光熄灭了；奴隶制的茫茫黑夜密密匝匝地笼罩住我，眼看我从一个人变成了一头牲口！

星期天是我唯一闲散的日子。这段时间我是在动物般的愚昧状态中度过的，我躺在一棵大树底下，半睡半醒。有时我会站起身来，亢奋的自由的闪光会在我灵魂中倏地出现，同时希望的朦胧的光芒也闪上一闪，它们飘飘忽忽地晃动了一会，然后又熄灭了。我重新倒了下来，悲叹自己恶劣的处境。我有时也跃跃欲试，想把自己和科维的生命都一起了结，但是又被希望与恐惧的混合感情所阻拦。这时，我在种植园中所受的苦难仿佛不是严峻的现实，倒像是一场梦了。

我们的宅子离切萨皮克海湾不过几十码远，在它那宽阔的胸膛里，经常点缀着来自世界每一个角落的白帆。这些披着最纯洁的白帆的美丽船只在自由人眼里，是一幅多么愉快的景象，可是在我看来，那是许多披着殓衣的鬼魂，是故意要勾起我的伤心事，来威胁我折磨我的。在夏季安息日深邃的寂静中，我往往一个人站在这神圣的海湾高峻的岸边，用悲哀的心与含泪的眼睛，追踪这无数只驶向茫茫大海的帆船。看到这些船只往往使我悲从中来。我再也抑制不住自己的思绪。就在那里，除了上苍之外没有别的听众，我以自己粗犷的方式将灵魂中的苦水尽情倾吐，并且还朝着来来往往众多的帆船直接呼吁：

"你们从系泊的处所释出，你们是自由的；我却被锁链捆住，是一个奴隶！你们在煦风中何等逍遥自在，我呢，却在血腥的皮鞭下饮泣吞声！你们是自由的翅翼迅疾的使者，飞遍了全世界，我却为铁的镣铐所囚禁！哦，我多么愿意得到自由！哦，我多么想去到你那华美的甲板上，受到你羽翼的庇护！可是，唉！在你我之间，翻腾着滚滚的浊流。你前进吧，你前进吧。哦，但愿我也能随你一起前进！但愿我能游泳！但愿我能飞翔！啊，我生下来是一个人，为什么又变成了一头牲口！愉快的船儿驶走了，它消失在朦胧的远方。我却留了下来，陷在无穷无尽的奴役的火坑里。哦，上帝，拯救我！上帝，带走我！让我自由！到底有没有上帝呢？为什么我是个奴隶？我要逃跑，我不愿再忍受下去了。是被捕，还是逃脱，我都要试一试。发热病死去，打摆子死去，都没有什么不同。我反正只有一条命。逃走的时候被杀死，留在这里被活活打死，都是一死。想想吧！只要笔直往北走一百英里，我就自由了！试不试呢？是的，上帝在帮助我，我一定要试。我活着是个奴隶，还要作为一个奴隶死去，这可不行。我要走水路。正是这个海湾将把我带向自由。从北岬起，轮船都朝东北方向行驶。我也要这样走。等我去到海湾的顶端时，我就任小船随意漂流，我自己则徒步经越特拉华州直奔宾夕法尼亚州①。到了那里，就没人向我要什么通行证啦；我就能自由自在地到处行走啦。只要一有机会，不管三七二十一，我都要走。同时，我也要设法在桎梏下坚持下来。世界上又不是只有我这一个奴隶。我干吗要沉不住气呢？我能像任何人一样忍受。再说，我只不过是个小孩，所有的小孩都是隶属于别人的。说不定我当奴隶的不幸反而会增加我做自由人的幸福呢。好日子快要来了。"

我常常这样想，也常常这样自言自语，一会儿被刺激得几乎要发疯，一会儿又劝自己暂且先安于这不幸的命运。

我刚才说我在科维先生那里头半年的处境要比后半年糟得多。导致科维先生对我改变态度的原委在我卑微的一生中是一个转折点。你们已经看到一个人怎样变成奴隶；你们还将看到一个奴隶怎么变成了人。一八三三年八月最热的一天里，比

---

① 马里兰州北面的两个州。

尔·斯密司、威廉·休斯、一个叫艾里的奴隶，还有我，一起在扬麦子。休斯负责运走扇谷机里吹出来的麦子，艾里摇曲柄，斯密司往机器里添麦子，我则将麦子扛到扇谷机跟前去。这活儿很简单，只需出力气，用不着动什么脑子。可是，要让一个完全不熟悉的人来干，也不好对付。那天三点钟光景，我累垮了，力气一点也没有了。我突然头里一阵剧痛，伴随而来的是极度的昏眩，我手脚都打起哆嗦来。发现这情况后，我还是极力支撑着，知道把活儿停下来是不行的。我还是趔趔趄趄地扛着麦子往漏斗跟前送去。后来实在支持不住，我就倒了下来，仿佛一件很沉的东西在把我往下拖。扇谷机当然停了下来；每个人都有自己的事，谁也没法同时做两个人的活儿。

　　科维先生就在离我们扬麦子的场院大约一百码的屋子里。他一听到扇谷机停了下来，马上就走出屋子，来到我们干活的地方。他急匆匆地问这是怎么回事。比尔回答说我病了，没有人运麦子。我这时已爬到围起场院的木栅栏底下，想躲开日头，好舒服一些。他接着便问我在哪儿。一个奴隶告诉他。他来到我身边，瞧了我一会儿以后便问我是怎么啦。我费了好大的劲回答了他，因为我连说话的气力都几乎没有了。接着他往我腰里狠狠地踢了一脚，叫我爬起来。我想照他的话做，但爬到一半又倒下了。他再给了我一脚，再叫我爬起来。我又努力了一番，好不容易总算站直了；可是，我弯下身去拿运麦子的木桶时，打了个趔趄又摔倒了。我这样躺着的时候，科维先生抄起休斯刚才用来刮平半蒲式耳容器的胡桃木板子，照准我的脑袋就是重重的一下，打开了一个很大的口子，鲜血汩汩地流了出来。这时他又叫我起来。我已横下心随他怎么办，就干脆不动了。我头上挨打后，过了一会儿，脑袋里好过了些。科维先生这时已经死活随我了。我当时就初次下了决心，要到自己的主人那里去，向他告状，要他保护。要这样做，我那天下午得走七英里路，这在我当时的情况下，的确是件困难的事。我周身软弱不堪，这一方面是因为挨了拳打脚踢，另一方面是刚才那阵病痛的袭击。可是我还是抓紧了机会，瞅见科维对着另一个方向看，就动身向圣迈克尔斯走去。我往树林走了一大段路，科维才发现我，他叫我回去，威胁说要是不回去他便要怎样怎样。我不睬他的叫唤和威胁，还是就我衰弱的身体力所能及地尽快往林子走去，一面寻思，如果我还沿着大路走，一定会被他追上，所以就穿进了林子，一方面离开路免得被人找到，同时又不离得太远，以免再度晕倒前没走多远就迷了路。我再也走不动了。我倒了下来，躺了好一会儿。血还在从我头上的伤口里涌出来。有一阵子，我想我准会流血过多致死。我现在回想起来，要不是血在我头发上结成饼子，凝住了伤口，我真会死去的。在那儿躺了约摸三刻钟之后，我又鼓起了力量，再度上路，穿过了沼泽和荆棘，光着脚，又没戴帽子，有时几乎每走一步我的脚都要割伤；用了差不多五个小时，走了七英里路之后，我来到了主人的店里。我那时候的模样真是连铁石心肠的人见了也不能无动于衷。我周身从头顶到脚踵，都流满了血。我的头发和尘土、鲜血一起结成了硬块；衬衣也因为沾满了血变得铁硬。我腿上脚上也被荆棘和蒺藜拉破了多处，流遍了血。我想自己准像个虎窟逃生、险些死于兽爪之下的人。就这样，我出现在主人的面前，谦卑地恳求他运用自己的权力来保护我。我将发生的情形一五一十地告诉他，我的话有时候似乎也使他震动。他在地板上走来走去，说我是活该，科维这样做完全正确，他问我打算怎么样。我说，让我换一个东家，如果还叫我到科维先生那里去，我准会死在他手里，科维一定会把我杀死，他不这样做才怪呢。托马斯少爷对这个说法仅仅付之一笑，说没有这么回事，他说他深知科维先生的为人；说科维先生是个好人，他不能考虑把我领回来，要是他这样办，就得损失整整一年的工钱；我既然属于科维先生一年，不管发生什么事，也得回到他那里去；托马斯少爷还叫我别再到他面前去告状，否则的话，他自己也要整我。这样威胁了我以后，他给我吃了许多盐，算是一服药，说我可以在圣迈克尔斯过夜——当时已是深夜了，不过明天一清早就必须回到科维先生那里去；如果我不去，他就要整我，这意思就是说他要鞭打我。我待了一夜，第二天早晨，那是星期六早晨，我遵照他的命令，动身到科维家去，身体疲惫不堪，精神上也异常委顿。我昨晚既没有吃晚饭，早上又没有吃早餐。大约九点钟，我来到了科维家，我刚刚翻过隔开堪浦太太家和我们家地的栅栏，科维就拿了他那根牛皮鞭子奔出来，又要抽我一顿。没等他来到我身边，我就钻进了玉米地，玉米长得很高，使我能够藏身。他气极了，找了我很久。我的行为是完全无法解释的。他终于放弃了搜寻，我琢磨他准是想我反正要回家找东西吃的，他不必再花力气来找我。我在树林里待了差不多一天，摆在我面前的是两条路——要么回家给打死，要么就是待在树林里饿死。那天晚上，我恰好碰到了桑迪·詹金斯，这是一个我略微认识的奴隶。桑迪的老婆是个自由黑人，住在科维先生家大约四英里外的地方，那天是星期六，他正回家去看老婆。我把自己的情形告诉了他，他便好心地请我一起到他家去。我到了他家里，又把整个情形说了一遍，他接着便劝我走一条路，在他看来，这条路对我最为有利。我发现桑迪是个很有阅历的顾问。他非常严肃地说，我得回科维家去。不过回去以前，先要跟他到树林另一头跑一次，那里有某种草的根，如果我在身上放上一些，而且一直放在右边的话，不论是科维先生还是任何别的白人，就都无法鞭打我。他说他自己已经带了多年；自从带上以来，从未挨过打，只要一直带着也就永远不会挨打。起先，我不相信口袋里放上一个草根就能有这么大用处，所以不想带。可是桑迪非常认真地说，这是绝对必要的。他说，这样做即使没有好处，至少也不会有什么坏处。为了让他高兴，我终于拿了草根，而且遵从他的指示，放在我的右边。这时已经是星期天早上了。我立即动身向主人家走去；刚进院子门，科维先生就向我迎头走来，他和我说话的时候非常和蔼，叫我将猪从附近一块空地上赶到教堂那边去。科维先生的这个行为几乎使我相信，桑迪给我的草根果真不平常，假如那天不是星期天，我就要认为这是草根的效验了。不过，我已经有点半信半疑，觉得这草根毕竟比我起初设想的有用些，直到星期一早晨，一切都还很顺利。这天早晨，草根的效力受到了充分的考验。离天亮还很久，我就被叫起来擦马、梳理马毛和喂马。我听从了，而且高高兴兴地照着做了。可是我正这样做，正从马厩的顶棚上往下扔草，科维先生带了根长绳走进马厩；我下顶棚还没到一半，他就抓住我的双腿，动手捆我。我一发现他的打算，就猛地纵身一跳，由于他抓住了我的腿，所以我趴地跌倒在马厩的地上。科维先生这时以为已经抓住了我，能够为所欲为了。可是这时——我也不知道从哪里来了一股勇气——我决心反抗了。为了贯彻这个决定，我狠狠地掐住科维先生的喉咙，同时设法站起身来。他抓住我，我也抓住他。我的抵抗是完全料想不到的，科维先生似乎吓得目瞪口呆。他浑身上下颤抖得像一片树叶，这使我胆子壮了起来，我掐得他很不舒服，手指尖都掐得他开始流血了。很快，科维先生便嚷叫起来，要休斯来帮忙。休斯来了，看见科维先生抓住了我，便企图捆住我的右手。他这样干着的时候，我瞅了一个空子，狠狠地朝他的肋骨底下踢了一脚。这一脚踢得休斯够呛，因此他就撒手不管了。这一踢不但踢疼了休斯，也挫了科维先生的威风。他看见休斯疼得弯下身子，自己的勇气也萎缩了，他问我是不是还想继续抵抗。我说是的，不管会有什么结果，我都要抵抗到底。我说，他已经把我当牲口使唤了六个月，我决心再也不当牛马了。听了这句话，他把我往马厩门口地上的一根木棍跟前拖去，想用棍子将我打倒。可是就在他弯身捡棍子时，我双手抓住他的领子，猛地一拖，把他摔倒在地上。这时，比尔来了，科维叫他快来帮忙。比尔就问要他做什么事。科维说："抓住他，抓住他！"比尔说他的主人把他雇给别人是来干活的，而不是来帮忙揍我的，因此他就让科维自己和我打出个分晓来。我们一直打了差不多两个钟头。最后，科维只得放开我，他喘得上气不接下气，说倘若我不还手，他鞭打我一半这么多也就够了。实际情况是，他连一鞭也没抽着我。我觉得他这一回做的纯粹是赔本买卖，因为他没有使我流血，而我却让他出了不少血。我在科维家里后来的整整六个月中，他再也没有动过我一根手指，他常说，他不想再碰我了。我想："哼，你还是别碰的好，否则的话，你的苦头吃得还要多呢。"

这次打架在我奴隶生活中是个转折点。它使我即将死灭的自由的余烬复燃，使我身上男子汉的尊严感苏醒。它唤回了已离我而去的自信心，并再次灌输给我一种争取自由的决心。胜利所带来的喜悦足以抵偿任何后果，即使是死亡本身。只有亲自奋力将奴隶制度的血腥手臂击退的人，才能理解我所感受的那种深深的满足，我自己也是初次尝到这种滋味。这是一次光荣的复活，我从奴役的坟墓一直升入自由的天堂。我的早已被打垮的精神又抬起了头，怯懦离开了我，取代它的是大胆的反抗。我即刻决定，不管形式上当奴隶的时间还有多久，我实际上做奴隶的日子已经一去不复返了。我毫不踌躇地公开宣称，除非先把我杀死，白人休想再鞭打我。

从那时起，我再也没有挨到过白人所说的狠狠的鞭打，虽然我后来又当了四年奴隶。我和白人打过几架，但是从未被鞭打过。

我很长时候都感到诧异，为什么科维先生不马上叫警察来把我抓到鞭笞站去，让我因为向白人还手而正式受到笞刑呢？我现在能作出的唯一的解释也不能完全使我满意。不过尽管如此，我还是写出来。科维先生享有极高的声誉，被认为是第一流的监工和黑奴驯服者。这件事对他说来是无比重要的。如今这个名声受到了威胁，倘若他将我这个大约十六岁的小孩送到公共鞭笞站去，他的名声肯定会丧失殆尽。因此，为了挽救自己的声誉，他只得眼睁睁看着我不受惩罚。

我替爱德华·科维先生实际干活的结束时间是在一八三三年圣诞节。圣诞节到新年这一段时间是黑奴们的假日，因此我们不必干任何活儿，只需喂喂牲口照顾牲口就行了。这段时期，我们认为是主人特准让我们自由支配的；所以就几乎随心所欲地利用或滥用。家住得远的人一般可以和家人团聚整整六天。可是各人有各人支配这段时间的法子。那些严肃、清醒、聪明和勤俭的人就利用这段时间做扫帚、席子、马鞍和篮子；另外一批人用它来打负鼠、野兔和浣熊。可是绝大部分人都把时间花在各种运动和玩乐上面，诸如打球、摔跤、赛跑、拉琴、跳舞和喝酒；这最后一种消遣，主人们再欢迎不过了。一个在假期中干活的奴隶在主人看来是要不得的。他会被看成一个不识主人抬举的人。一个人圣诞节不喝醉，就好像不光彩，而且人家还会觉得他实在太懒，整整一年都不能多挣几个钱来为自己在圣诞节买一次醉。

从我所知道的这些假日在奴隶们身上造成的后果看来，我相信这是奴隶主压制叛逆精神的最有效的办法。奴隶主一旦放弃这个措施，我毫不怀疑奴隶们马上就会暴动。这些假日起了一个使被奴役者的叛逆精神泄走的避雷针或安全阀的作用。要不是为了这个，奴隶们一定会被逼得铤而走险的；有朝一日奴隶主敢取消或是废除这些避雷针，他们就等着吃苦头吧！我预先警告他们，那样的一天到来时，奴隶中间就会出现一种精神，它会比最剧烈的地震还要厉害万分。

这种假日是奴隶制全部的欺骗、谬误与不人道的一部分。表面上，这是亏得奴隶主大发慈悲才定下的一个规矩；可是我肯定说，这是自私的产品，是对受尽践踏的奴隶的最恶劣的欺骗。他们给奴隶们这段时间并不是因为愿意自己的活儿停下来，而是因为知道剥夺了这段时间就会发生危险。下面的事实也说明了这一点：奴隶主愿意他们的奴隶在这段假日里，从头到尾都在寻欢作乐中度过。看来，他们的目的是让奴隶陷入最放浪的生活，从而对自由感到厌烦，例如，奴隶主不仅喜欢看到奴隶们自己酗酒，而且还采取种种办法让他们喝醉。办法之一是，打赌看哪个奴隶威士忌喝得最多而又不醉；这样他们就唆使了一大帮奴隶拼命纵饮，就这样，正当奴隶要求得到有道德的自由时，狡猾的奴隶主知道奴隶对自由一无所知，便开给他们一服邪恶的放浪的药，巧妙地贴上自由的标签。我们大多数的奴隶都把它吞了下去，结果当然可想而知：许多人就这样误以为自由与奴役之间没有多大的差别。我们不无道理地觉得，与其当酒的奴隶还不如当人的奴隶呢。因此，假日结束时，我们从自己呕吐的污秽中踉踉跄跄地爬起来，长长地吸了口气，向田野走去——我们感到能从我们的主人诬称的自由中脱身出来，回到奴役的怀抱里去，总的说来，还是挺愉快的呢。

我刚才说过，这种对待我们的方式是整个欺骗性的、不人道的奴隶制度的一部分。这是一点也不假的。这种让奴隶只看到被歪曲了的自由，从而对自由感到厌恶的方式，也运用在别的方面。比如说，有个奴隶嗜爱吃蜜糖，他偷吃了一些，而他的主人就往往到城里去买许多蜜糖；他回来后，就拿着皮鞭，硬逼那个奴隶把蜜糖吃下去，一直吃到这个可怜虫听见人家提起蜜糖便要恶心。奴隶主有时也采取这个手段，使奴隶们除去配给的粮食以外，不敢多要一些。要是有个奴隶把配给的粮食吃亏了，求主人再拨些给他，主人当然大发雷霆；可是他不打发奴隶空手回去，却拿出超量的粮食来，限他在一定的时间内吃完。要是他抱怨说吃不了，主人就说，他饱了不满意，饿了也不满意，便因为他太难"伺候"而鞭打他！我可以举出无数这一类的实例，都是我亲眼见到的，不过我觉得上面的那几桩已经足够了。这的确是广泛采用的一种手法。

一八三四年一月一日，我离开了科维先生，到威廉·弗里兰先生那里去干活，他的家离圣迈克尔斯大约三英里。我很快就发现弗里兰先生与科维先生很不相同。他虽然不太富裕，但是在一般人眼中，是个所谓有教养的南方绅士。科维先生呢，我已经说过，是一个很有经验的黑奴驯服者和奴隶管理人。前者虽然也是个奴隶主，但似乎还有点自尊心，也有些正义感，对人道也还算尊重。而后者却全然不知这些感情为何物。弗里兰先生有许多为奴隶主们所特有的通病，如火气大，性子急躁；可是我得说句公平话，科维先生身上常常有的那种卑鄙的罪恶，他可没有。弗里兰先生直率老实，我们任何时候都知道能在哪儿找到他。科维则是个老奸巨猾的骗子，只有老练得能窥测出他诡计的人，才看得透他。我发现我的新主人还有一个长处，那就是他不装假，或者说他不声称自己虔信宗教。这在我看来的确是个很大的长处。我可以毫不迟疑地说，宗教在南方仅仅是一个幌子，用来遮盖最可怕的罪行，开脱最骇人听闻的野蛮行为，使最可憎的骗局神圣化，也用来有力地保护奴隶主最黑暗、最邪恶、最可耻、最无法无天的行径。倘若我重新落入奴隶制的枷锁，受奴役当然是一种不幸，但是，此外最大的不幸，在我看来就是当一个虔诚的主人的奴隶了。在我所遇到的这么些奴隶主里，虔诚的奴隶主是最卑劣的。我发现他们最小气、最下流、最残酷也最懦怯。也算我运气不好，不仅属于虔诚的主人，而且还生活在一伙这样虔诚的人的圈子里。挨弗里兰先生家很近住着一个但尼尔·维丁先生，不远还住了一个里奇伯·霍浦金斯先生，他们是改革派卫理公会的成员和牧师。维丁先生的奴隶里有一个女奴隶，她的名字我忘了。一连好几个星期，这个女人的背部都是鲜血淋漓的，而把她打成这样的就是这个残暴的、虔诚的恶棍。他常常雇用奴隶。他的口号是：奴隶规矩也好，不规矩也好，主人就是有责任常常鞭打他，让他别忘了主人的威风。这是他的理论，也是他的实际做法。

霍浦金斯先生比维丁先生更坏。他最喜欢吹嘘自己收拾奴隶怎么在行。他的统治的特点是，奴隶还没犯过错就先打了再说。每星期一的早晨，他好歹都要打一两个奴隶。他这样做的目的是使奴隶们经常处在恐惧之中，让这一回逃过的人也提心吊胆。他的想法是，有一点点小毛病就打，免得出大乱子。霍浦金斯想奴隶总能找得到理由。不了解蓄奴生活的人，看到奴隶主这么容易就能找到打奴隶的借口，一定会感到惊讶。一个眼色、一句话、一个动作、一个错误、一个事故、或是本事不够，这在任何时候都可能成为奴隶挨打的原因。这个奴隶好像不满意？那就是说，他心里有鬼，非得打出来不可。他跟主人讲话时嗓门大？那他准是趾高气扬了，得压压他的傲气才行。他走到白人跟前忘了脱帽？那他礼貌方面有所缺欠，需要打几鞭给他补上一课。别人责怪他的时候，他居然敢申辩？那可太无礼了——在一个奴隶身上，这真是罪大恶极，十恶不赦。主人指出事情该怎么办时，他竟胆敢提出另一种做法？他真是太跋扈、太不知道自己的身份了。最好的治疗就是抽他一顿鞭子。他犁地时弄坏了一张犁——或是，锄地时弄坏了一张锄？那是因为他马马虎虎，满不在乎，奴隶有了这种毛病非打不可。霍浦金斯先生总是找得出理由来证明有使用鞭子的必要，一有这种机会他便绝对不放过。奴隶们只要能找到一个栖身之所，情愿替县里任何一个人干活，而不愿替这个霍浦金斯牧师干活。可是附近一带又没有任何一个人，比这个尊贵的奴隶驱使者里奇伯·霍浦金斯，表现出更高的宗教热情，在宗教奋兴活动中更加积极，在布道会、团聚会、祈求会、祷告会上更加专心，在家庭中更加虔敬——没有人比他祷告得更早、更晚、更响、更长。

不过，还是回过头来说说弗里兰先生和我替他干活时的事吧。他像科维先生一样，让我们吃饱；可是，他和科维先生不同，他也给我们足够的时间吃饭。他驱使我们努力干活，但是时间总不超过日出与日落。他让我们干的活儿很多，但是他给我们用的工具也很好。他的庄园很大，但是比起他的许多邻居来，他雇的人还算多的，奴隶们的活儿还算轻松。替他干活时，我的待遇比起在爱德华·科维先生手底下，要算好得多了。

弗里兰先生自己拥有的奴隶只有两个。他们名叫亨利·哈里斯和约翰·哈里斯。别的工人都是雇来的，这里面有我、桑迪·詹金斯①和韩迪·考德威尔。亨利和约翰都很聪明，我到那里没几天，就使得他们产生了一种想学会念书的强烈欲望。不久，这种欲望在别人身上也都滋生出来。他们很快就凑了几本旧的识字课本，非要我开一所主日学校不可。我同意了，因此便将我的星期天贡献给我的奴隶伙伴，教他们识字。我去的时候他们连自己的名字都不认识。邻近庄园里有些奴隶知道了这回事，也想利用这个可怜的机会来学识字。所有参加的人都有个默契，这件事尽可能不要张扬出去。我们必须瞒着我们在圣迈克尔斯的虔诚的主人，不让他们知道，我们的安息日不是在

---

① 这就是给我草根防止科维先生抽打我的那个人。他是个"聪明人"。论和科维打架的事，每谈起这件事，他总说我的胜利要归功于他给我的草根。在较无知的奴隶们中间，迷信是非常流行的。奴隶们的死亡往往被归因为有人玩弄了诡计。——原注

摔跤、斗拳、喝威士忌中度过，而是用来学会读上帝的旨意的；因为他们宁可看到我们从事使人堕落的玩乐，而不愿我们成为聪明、有道德和有责任心的人。我总会热血沸腾，每逢想起赖特·费尔班克斯先生和加里森·威斯特先生——他们都是读经班的领袖，在圣迈克尔斯如何怒气冲冲地率领了一大批人，拿了棍棒和石块向我们冲过来，驱散了我们这个纯洁的小小的主日学校——他们还称自己为基督徒！还说什么自己是主耶稣基督的卑贱的追随者呢！可是我又离题了。

　　我将我的主日学校设置在一个自由黑人的家里，他的名字为了谨慎起见这里不提了；因为倘若公开了他的名字，就会给他带来很多麻烦，虽然借地方办学校这个罪行是早在十年前犯下的。有一个时候我有四十多个学生，都是非常勤恳好学的。他们年龄不等，不过大多是成年男女，我一回想起那些礼拜天，一种无法表达的喜悦便会涌上心头。在我心灵里，这都是些伟大的日子。教我的奴隶伙伴们认字是我有生以来最甜蜜的工作。我们全都相亲相爱，在安息日结束时离开他们的确是个很大的痛苦。我想起这些亲爱的人今天依然陷在奴隶制的囹圄里，便不能自己，我几乎要问："到底是不是公正的上帝在主宰这个宇宙？倘若他不惩罚压迫者，从迫害者手中拯救被迫害者，那么他右手中的霹雳还有什么用？"这些亲爱的人来上主日学校并非因为这是习俗，我教他们也不是指望会给自己带来名声。只要他们被人发现来过我的学校，就有可能被逮住挨三十九下皮鞭。他们所以来是因为他们想学习。残酷的主人使他们的心灵变得干涸。他们一直被关闭在精神的黑暗之中。我所以教他们，是因为做一些能改变我的种族的处境的事，都会给我的心灵增添喜悦。我替弗里兰先生干活的将近一年里，这所学校一直开办着。除了这所主日学校，在冬季，我每星期还抽出三个晚上教家里的奴隶。我现在很高兴地知道，有几个上我的主日学校的人已经学会了看书，而且至少有一个人通过我的机构①得到了自由。

这一年过得很顺利，似乎只有前一年一半那么长。我这一年没有挨过一次打。我得说，在我成为我自己的主人以前，弗里兰先生要算是我所遇到过的最好的主人了。那一年所以过得这么顺利，也与我和奴隶伙伴的交往有关。他们都是高尚的人；他们的心不仅感情丰富，而且还勇敢坚强。我们都是心连着心的。我以一种过去从未体验过的强烈感情爱着他们。常常有人说，我们奴隶是互不相爱、互不信任的。为了回答这种说法，我要说，对别人，我从未像对我的奴隶伙伴们那样爱过、信赖过，特别是在弗里兰先生家里一起生活的那些伙伴。我敢说我们都愿意为伙伴们而死。我们不和大家商量，绝不会擅自做任何重要的事。我们从来不单独行动。我们等于是一个人，一方面是因为我们意气相投，同时也因为我们都是奴隶，都受着同样的苦难。

一八三四年年底，弗里兰先生又跟我的主人说妥，一八三五年继续雇用我。可是，到这时候，我不但要和弗里兰②一起生活，而且也要在自由的土地上生活了；和他或是别的奴隶主一起生活已经不能使我满足。这年年初，我开始准备做一次决定我命运的最后的斗争。我这时的倾向是向上的。我快接近成年了，年复一年地过去，我却仍然是个奴隶。这些想法使我坐立不安——我一定要有所行动。因此我决定不让一八三五年白白过去，非得采取行动来争取自由不可。可是我不愿意把这个决定藏在自己一个人心里。我和奴隶伙伴们很要好。我一心要让他们参加这个拯救生命的行动。因此，我虽然万分慎重，还是很早就开始试探他们对自己境况的看法，同时向他们灌输自由的思想。我一方面努力策划我们逃走的方式方法，同时，一有

---

① 指道格拉斯所主持的帮助黑奴逃跑的罗契斯特"地下铁路"组织。
② 弗里兰，主人的姓，不作专有名词时意为"自由的土地"。

机会，就向他们宣传奴隶制是何等的邪恶与不人道。我先跟亨利说，再跟约翰说，然后又跟其他的人谈。我发现他们全都有着热烈的心和勇敢的灵魂，只要你提出一个可能实现的计划，他们就全神贯注地倾听，而且准备照着行动。这正是我所需要的。我告诉他们，倘若我们甘心当奴隶，连一次争取自由的努力也不尝试，那我们真是太没有丈夫气概了。我们常常碰头，经常一起商量，诉说我们的希望和忧虑，一次次地研究实际和想象中的困难。有时我们几乎都要放弃了，想这样苟延残喘地活下去算了；但是过了一阵，我们又变得坚定起来，决心排除万难逃走。我们提出一个计划，总有人畏缩——前途还是令人担心的。我们的道路上布满了极大的困难；而且即使我们果真逃走成功，我们自由的权利依然没有保障——我们还是很容易回到枷锁底下来。我们不知道东海岸有什么地方可以得到自由。关于加拿大，我们一无所知。对于北方，我们只知道有纽约，其余就是一片空白；倘然到了纽约，我们还是始终要提心吊胆，生怕被抓回来重新当奴隶——到那时，我们的待遇肯定要比现在坏十倍——这个想法的确使我们不寒而栗，而且轻易摆脱不开。情况有时便是这样：在我们所要经过的每一扇门前，都会见到一个看守人，在每个渡口都有一个守卫者，在每座桥上都有一个哨兵，在每座森林里都有一个巡逻队。我们的每一面都给封锁住了。这就是困难，也许是真正的，也许是想象出来的——我们要针对情况趋吉避凶。一方面，站着"奴役"，这是个严峻的实际存在，虎视眈眈地瞪着我们——它身上已经沾满了千百万人的鲜血，即使是现在也还在饕餮地吞噬着我们黑奴的肉。另一方面，在朦胧的远方，在北极星闪烁的光辉下面，在嵯峨、覆雪的山巅后面，是那暧昧可疑的"自由"——它已经快冻僵了——它招手叫我们去享受它的款待。这个形象本身有时就已经使我们踟蹰不前；然而当我们着手去探路的时候，我们更是常常受到惊骇。我们在路的两边，看到了严峻的死亡，它以种种最可怕的形式出现。有时候，这是饥饿，它迫使我们吃自己的肉；有时候，我们看到自己在波涛中挣扎，最后终于惨遭没顶；——有时我们被凶猛的猎犬追上，被它的利齿撕得粉碎。蝎子螫我们，野兽追我们，毒蛇咬我们，最后，在我们快到目的地的时候——在河里泅过水，逃过了猛兽，在树林里露过宿，忍过饥受过冻之后——我们被追捕者逮住了，在抵抗中，我们被当场打死！我说，这幅图画有时使我们惊悸，而且使我们

> 宁可忍受目前的灾难
> 不愿向我们所不知道的痛苦飞去。①

在作出逃走的决定时，我们下的决心比帕屈里克·亨利②宣称不自由毋宁死时更大。对我们来说，在最好的情况下，自由也是暧昧可疑的，但是一旦失败，死亡却是必然的。可是就我自己来说，与其在毫无希望的枷锁底下偷生，我宁愿死。

桑迪是我们当中的一个，放弃了逃走的打算，可是他仍然鼓励我们。现在，我们这一伙人中有亨利·哈里斯、约翰·哈里斯、亨利·巴莱、却尔斯·罗勃兹，还有我自己。亨利·巴莱是我的舅舅，和我属于同一个主人。却尔斯是我的姨丈，他属于我主人的岳父威廉·汉弥尔登先生。

我们最后定下的方案是这样的，将汉弥尔登先生的一条大划子弄到手，在复活节前的那个星期六晚上，径直向切萨皮克海湾上端划去。来到离我们住地七八十英里海湾的尽头时，便

---

① 《汉姆莱特》三幕一场中有名的大段独白"生存还是毁灭"中的两句。
② 帕屈里克·亨利（1736—1799），美国独立革命的领袖之一，曾发表演说，声称："给我自由，否则就让我死亡"。

弃舟任其漂流，我们则登陆朝着北极星的方向走去，一直走出马里兰州的边界。我们走水路，因为这样不容易被人怀疑是逃奴；我们希望人家当我们是渔夫；如果我们走陆路，那就势必会遇到各种各样的阻难。任何人只要长着一张白色的脸，想盘问我们，就可以让我们停下来，把我们问过来问过去。

我们预定动身的前一个星期，我给每一个人写了一张通行证。就我所记得，上面是这样的：

　　兹证明本证书签署人给予其仆，即证书持有人，以充分自由，前往巴尔的摩度复活节假日。一八三五年某月某日亲笔签署。

威廉·汉弥尔登
于马里兰州塔波特县圣迈克尔斯附近

我们不打算去巴尔的摩；但是向海湾上端划去的时候，我们是和去巴尔的摩的方向一致的，这些证书只是为了保护我们在海湾里行驶而已。

离出走的时候愈近，我们的心情也就越来越紧张。这对我们来说的确是个生死问题。我们的决心即将受到充分的考验。这时，我非常积极地解释每一个困难，消除每一种疑虑，驱散每一种恐惧，鼓舞每一个人，使他们坚定，因为这是我们成功与否的关键。我告诉他们，我们出走的那一瞬间事情就算成功了一半；我们已经谈得够多了；现在我们要走了；现在不走，那就永远也走不成；要是现在还不想走，我们不如叉起手臂，坐下来，承认自己天生只配当奴隶。这是我们谁也不愿承认的。每一个人都很坚定；在最后一次会议上，我们重新极其庄严地宣了誓，表示只要指定的时刻一到，我们一定动身追求自由。这是在那一周的中间，周末我们就打算出走。就跟往常一样，我们各人到各块地里去干活，可是心中想到我们的危险的计划，都激动极了。我们尽可能地掩饰自己的情绪；我觉得我们都掩饰得很成功。

经过了痛苦的等待之后，星期六早晨终于来临，这天晚上，我们就要动身。我向这一天欢呼，不管它可能带来什么悲惨的结局。星期五晚上我彻夜失眠。我大概比谁都焦急，因为大家公认我是这件事情的领头人。成功或是失败的责任重重地压在我的肩上。我既可能享有前者的光荣，也可能承当后者的责任。那天早晨头两个钟点的滋味是我从未经历过的，我希望以后也不要再经历了。那天清晨，我们像往常一样，到地里去了。我们是在施肥；我们正干着活的时候，突然之间，我心头出现了一种难以描述的感觉，我心如潮涌，回过头来对离我很近的桑迪说："我们被出卖了！""是的！"他说，"我正好也这么想。"我们再也没说什么。我对任何事情也不曾像这般明确过。

号角像平时一样地吹起来了，我们从地里回到宅子里去吃早饭。我只是去做做样子罢了，因为我根本不想吃东西。我刚走进宅子，从院子门口望出去，我看见四个白人带了两个黑人走来。白人骑在马上，黑人徒步跟在后面，好像是上了绑。我瞧了一会儿，直到他们来到院子门口。他们在这里停了下来，将黑人绑在门柱上。我还不太清楚这是怎么回事。过了几分钟，汉弥尔登先生骑着马奔驰进来，快得引起了一片惊恐。他来到门口，问威廉老爷在不在家。人家告诉他老爷在粮仓里。汉弥尔登先生也不下马，就往粮仓驰去，速度快得异乎寻常。几分钟后，他和弗里兰先生向屋子走来。这时，那三个警察也骑马走了过来，急急忙忙地跨下马背，拴住了马，迎上从粮仓来的威廉老爷和汉弥尔登先生；他们说了几句话后，就都向厨房门口走来。厨房里只有我和约翰两人。亨利和桑迪都在粮仓里。

弗里兰先生将头伸进厨房叫我的名字，说有几个先生在门口要见我。我走到门口，问他们找我干什么。他们立刻就抓住我，也不作任何解释，就把我捆了起来，将我的双手紧紧地缚在一起。我坚决要知道为什么捆我。最后，他们终于说，他们发现我在惹"乱子"，要在我主人面前审问我；如果证明他们的情报不真实，就不会加害于我。

过了一会儿，他们也设法捆上了约翰。接着他们要去捆亨利，他这时刚从粮仓走回来，他们命令他把手交叉起来。"我不愿意！"亨利非常坚定地说，表明他已经准备迎接抗拒所带来的任何后果。"你不愿意？"警察汤姆·格莱姆问。"是的。我不愿意！"亨利说，声音比刚才更响了。两个警察便将雪亮的手枪抽出来，凭着造物主的名义赌咒说，他们要叫他将手交叉起来，否则就把他毙了。他们都打开了保险机，手指按在扳机上，向亨利走去，一面说，倘若他不将手交叉起来，他们就要将他那颗该死的心脏打烂。"开枪打我吧！开枪打我吧！"亨利说，"你们只能杀死我一次，开枪呀，开枪呀——妈的！我不愿让人绑上！"他大声挑衅地说。这时，他拳头闪电似的一挥，把两个警察手里的枪都打飞了。这时，所有的手都落到他的身上，他们把他揍了一阵之后，终于制服了他，把他捆了起来。

在混战的时候，我也不知怎么办到的，居然设法将通行证弄了出来，丢进了炉子里，也没有被人发觉。我们几个人终于都被捆上了。正押着我们要往伊斯顿监狱走，这时，威廉·弗里兰的母亲柏翠·弗里兰捧了一些饼干来到门口，分给了亨利和约翰，接着她发表了一篇演说，大意是这样的：——她这些话都是对我一个人说的，她说："你这个魔鬼！你这个黄色①的魔鬼！是你把逃跑的想法塞进亨利和约翰的脑子的。全是因为

----

① 道格拉斯是混血儿，所以皮肤呈棕黄色。

你，你这个长脚的混血魔鬼！亨利和约翰是根本转不出这种念头的。"我没有理她，马上就被驱赶着往圣迈克尔斯走去。就在警察和亨利扭打之前一瞬间，汉弥尔登先生提出应该搜查通行证，他说他知道弗烈德里克给自己和别人都写了通行证。可是，他刚要动手搜查，警察就需要他帮着捆亨利了，混战使他们大为激动，在激动中他们不是忘了这件事，便是认为在当时的情况下搜查不太安全。因此我们逃跑的意图还没有得到证实。

我们快到去圣迈克尔斯的半路上，押送我们的警察正好看着前面，亨利便问我他该把通行证怎么办。我叫他和饼干一起吃掉，什么也别承认；于是我们就把这句话传过去，大家都说："什么也别承认！""什么也别承认！"我们彼此之间的信任是不可动摇的。我们决心不是一起成功，便是一起失败，尽管灾难临头，还是一样。我们这时候已经作了最坏的准备。那天早晨，我们得在马背后面拖着走十五英里路，然后关进伊斯顿监狱。我们来到圣迈克尔斯，便受了一次审问，我们全都否认想逃跑，我们这样做仅仅是为了摸清抓我们的证据是什么，而不是希望自己不被卖掉；因为，我上面说过，我们这方面已经作了准备。实际的情况是，只要大家在一起，我们根本不在乎上哪儿去。我们最担心的是把我们分开。人世间别的我们都不怕，单单怕这一桩。我们发现抓我们的证据是一个人的证词；主人当然不会告诉我们这人是谁，但是我们自己都作出了一致的结论，断定谁是告密者。我们又被解往伊斯顿监狱。到了伊斯顿，他们把我们押到保安官约瑟夫·格拉姆那儿去，由保安官把我们投进监狱。亨利、约翰和我关在一间号子里，却尔斯和亨利·巴莱关在另一间。他们隔开我们的目的是不让我们一致行动。

我们关进监狱还不到二十分钟，一大帮奴隶贩子和奴隶贩子的代理人就拥进监狱来瞧我们，问我们是不是出卖的。我生平还没有见过这样的一帮家伙！我感到自己为来自地狱的一群魔鬼所包围。一伙海盗都不会比他们更像魔王，那魔王准是他们的父亲，他们朝我们哈哈大笑，咧开了嘴笑，说："啊，我的孩子们！我们逮住你们了，是不是啊。"用种种方法侮弄我们以后，就一个一个地检查我们，估量我们的身价。他们还厚颜无耻地问我们愿不愿意做他们的奴隶。我们不睬他们，随他们爱怎么想就怎么想。于是他们就诅咒我们，辱骂我们，说只要我们落到他们手里，用不了多久，就会把我们的凶劲儿打掉。

我们在监狱里，发现囚房比我们想象中要好些。我们吃不饱，饮食也不很好；但是我们的房子还算干净，从窗子里望出去可以看到街上发生的事，这可比关在阴暗、潮湿的地牢里强多了。大体说来，如果仅仅就监狱和看守而论，我们日子过得还算差强人意。复活节假日才过，与我们预料的相反，汉弥尔登先生和弗里兰先生来到了伊斯顿，把却尔斯、两个亨利和约翰从监狱里领了回去，光留下我一个人。在我看来，这无疑是生离死别。整个过程中，这件事给我带来了最大的痛苦。除了分离，我对任何情况都作了准备。我猜想他们是一起商量决定的，他们认为我是唆使这批人逃跑的主犯，让无辜者替犯罪者受过，未免过分；因此他们决定把别人都领回家去，单把我卖掉，以此儆戒留下来的人。我不能不称赞高贵的亨利，他这时还不太愿意离开监狱，就跟当初不愿离开家到监狱来一样。可是我们知道，如果我们被卖掉，仍然得分开；既然他还不能支配自己的命运，他最后决定还是老老实实地回去的好。

现在只有我命运未定了，我完全孤零零的，又是在监狱的四堵石墙之内。几天前，我还是充满希望的呢。我当时预料，几天后已经安全地踏上了自由的土地。可是我现在忧心如焚，陷入了最深的绝望。在我看来，自由的希望已经幻灭。我这样大约关了一个星期，到了周末，出乎我的意料，我的主人奥德船长来了，把我领了出来，他起先打算托他认识的一个绅士把我弄到亚拉巴马去，可是后来不知为了什么，又改变主意，决定派我回巴尔的摩，再去替他兄弟休干活，并且学一门手艺。

就这样，在三年零一个月以后，我又一次来到了巴尔的摩的老家。我的主人所以差走我，是因为邻近的白人都恨我入骨，他生怕我会被杀死。

我到巴尔的摩几个星期以后，休少爷把我雇给了威廉·加德纳先生，他是菲尔斯岬上一家规模很大的造船厂的老板，我是去学填塞船缝手艺的。可是，我发现在那里根本无法达到这个目的。加德纳先生那年春天承制两艘二桅大兵船，据说是为墨西哥政府造的。这两艘船必须在那年七月下水，否则的话，加德纳先生就得赔偿一大笔损失。因此，我进去时，什么都忙乱极了。根本没有时间学手艺。每个人会干什么，就得干什么。我进船坞时，加德纳先生给我的命令是听木匠师傅的吩咐干活。这就意味着我给七十五个人当小工。他们全是我的师傅。他们的话对我来说就是法律。这个处境是非常糟糕的。我得有三头六臂才能应付。短短的一分钟里，足足有十来个人叫我。三四个嗓子会同时在我耳朵边响起来。"弗烈德，帮我把这块木头的棱角刨掉。""弗烈德，把这块木头搬到那边去。""弗烈德，把墨斗拿来。""弗烈德，去提一桶干净水来。""弗烈德，来帮我把木料的这一头锯掉。""弗烈德，快点儿，去拿撬棍来。""弗烈德，去把住绞车的那头。""弗烈德，到铁匠那儿去，拿根新的钻子来。""嗨，弗烈德！快跑过去给我拿把冷的凿子来。""我说，弗烈德，腾出手来，马上把锅炉的火生好。""喂，黑鬼！过来，给我摇沙轮。""过来，过来！走开，走开！用滑车把这块木头弄走。""我说，黑家伙，你眼睛瞎啦，为什么不把沥青烧热?""喂！喂！喂!"（三个嗓子同时响了起来。）"走过来! ——到那边去! ——站在原地方别动! 妈的，你动一动，我把你脑浆打出来!"

我八个月的学徒生活就是这样度过的；我本来还会待得更久的，要不是我和四个白人学徒狠狠地打了一架的话，我的左眼珠差点儿给打出来，浑身上下也都布满了伤。这件事情的经过是这样的：我刚进船坞那会儿，白人木匠和黑人木匠都夹杂在一块儿干活，没有人觉得有什么不合适。所有的工人都挺满意。黑人木匠有好些是自由人。一切都似乎很顺利。突然之间，白人木匠停工不干了，说他们不愿跟自由的有色工人一起干活。据说，他们的理由是：倘然这么纵容自由的黑人木匠，黑人很快就会把整个行业全抢过去，穷苦的白人就要失业了。因此他们觉得有必要马上动员起来中止这种情形。他们利用加德纳先生的紧急情况，中断了工作，发誓说除非他将黑人木匠全都解雇，否则他们就不再干活。这件事形式上虽然与我无干，实际上却牵连到我。我的白人师兄弟很快就感到和我一起干活有失身份。他们开始耀武扬威，说什么"黑鬼"正在把国家抢过去，应该把我们全杀死；他们在工匠的挑拨之下，想尽办法开始多方刁难我，对我吆来喝去，有时还打我，我呢，当然遵守我与科维先生打架后立下的誓言，也一一还手，不管会有什么后果，在他们联合起来以前，我还击得很成功；因为一对一地打，他们哪一个也不是我的对手。可是他们终于联合起来，用棍子、石头和重木杠武装好，向我进行袭击。一个人拿着半块砖向我迎面冲来，两边也是各有一个人，我的后面又是一个。我在对付前面和旁边那些人的时候，后面那个人拿着木杠跑来，对准我脑袋重重地打了一下。我给打晕了，倒在地上，他们就扑过来，压住我，用拳头揍我。我让他们打了一会儿，一面贮积力量，突然，我使了一个猛劲，用手和双膝支撑着爬起来。我正爬到一半，他们中的一个用大皮靴在我左眼上狠狠地踢了一脚。我的眼球都似乎爆裂了。他们看到我眼睛张不开，而且肿得厉害，就撇下了我。我抓起杠子，追了他们一会儿。可是这时木匠们出来干涉了,我想,算了。我一个人反正抵不过这许多人。发生这件事时,看热闹的白人造船木匠不下五十个,但是没有一个说过一句同情我的话;有几个甚至喊道:"杀死这个可恶的黑鬼!杀死他!杀死他!他打了白人。"我发现要保全生命,唯一的办法就是逃出去。我总算没有再挨一下打就逃了出来,这是非常难得的,因为按照私刑法,打了白人就得处死——这是加德纳先生船坞上的法律;其实就是船坞外面,也没有什么别的法律。

我直接跑回家去,把我受到冤屈的情况告诉休少爷;对于他,我得满意地说一句公平话,他尽管不信神,与他兄弟托马斯在类似情况下的所作所为相比,他的举动却像天神一样。他专心致志地倾听了我对导致这场野蛮暴行的原委的叙述,还时不时作出种种姿态,表示他的强烈的愤慨。我那位曾经特别仁慈的女主人的心又重新熔化,洋溢着怜悯之情。我的鼓出来的眼睛和满是血迹的脸使她难过得流下了眼泪。她坐在我身边的一把椅子上,替我把脸上的血迹洗净,接着又像慈母那样温柔地包扎好我的头,还拿来一块新鲜的瘦牛肉贴在我受伤的眼睛上。看到我那位曾经感情很丰富的老主母再次为我的事显露出仁爱的禀性,我的受苦似乎也得到了某种补偿。休少爷也火冒三丈。他把自己的诅咒朝肇事者的头上尽情倾泻,以此发泄自己的怒气。在我伤口稍稍好一些的时候,他就带我去在邦德街的惠特森老爷的办公室,看看能对这件事采取什么措施。惠特森先生问打人时可有谁看见。休少爷告诉他说,这事是大晌午在加德纳先生的船坞上发生的,那里有一大帮人在干活。"要说这件事,"他说,"那确实是发生了的,是谁干的也是没有问题的。"惠特森先生的回答是,这个案件他爱莫能助,除非是有某个白人愿意挺身出来作证。他不能单单凭了我的话就发出拘捕证。如果我在一千个黑人面前被人杀死,他们的证词加在一起也不足以使谋杀者中的一个受到逮捕。休少爷这一次也不得不承认，这样的情况太不像话了。当然，要找到一个白人愿意为我作证去反对那些白人青年，这是根本不可想象的。就算有人心里同情我，也还没有到下决心这样干的地步。要这样做是需要一些勇气的，而他们所缺乏的恰好就是勇气；因为就在这个时候，对一个黑人表现出最轻微的人道倾向都会被斥责为废奴主义，而这顶帽子足以使被戴上的人承受可怕的压力。当时那个地区的激烈分子的口号正是"打倒废奴主义者！"和"打倒黑鬼！"。结果是什么行动也没有采取，倘若我被打死，很可能也是什么行动都不会采取的。这就是当时巴尔的摩这个基督教城市的情况，即使是现在也何尝不是如此。

休少爷看到他无法得到赔偿，便不让我再回加德纳先生那儿去了。他把我留在自己身边，他的妻子替我换药直到我恢复健康。这以后他带我到华尔特·泼赖司先生的船坞上去，他在那里当工头。一到那里，我立刻被派去做堵船缝的活儿，很快就学会了使用木槌和铁扦的手艺。在我离开加德纳先生的船厂后的一年里，我居然能拿到最熟练的填缝工的最高工资了。如今我在主人心目中也是个有点分量的人物了。我每个星期都给他带回去六到七美元。有时候还给他九块钱，我的工资是每天一美元半。在学会填缝手艺后，我就自己找活儿，自己与船厂签订合同，自己去领我应该得到的工资。我的道路比起以前要算平坦得多了；我的生活情况现在也舒适多了。在找不到堵船缝活儿时，我就什么都不干。在这样空闲的时候，往日关于自由的想法又会偷偷地袭上我的心头。当我在加德纳先生那里干活时，我总是处在一种永恒的紧张状态之中，除了设法保全性命，别的几乎都无法考虑；光顾保全性命使我差点儿忘掉了我需要自由。我从自己当奴隶的经历中总结出了一点——每当我的生活状况有所改善时，我非但没有因此而感到满足，反倒是自由的欲望变得更加强烈，它使我去思考获得自由的各种计划。我还发现，要使一个奴隶感到满足，先得使他没有思想。必须要使他精神、智力的视野模糊，而且要尽可能地消灭他的思辨能力。必须让他看不出奴隶制自相矛盾的地方；一定得让他相信奴役有理；可是只有在他没有一丁半点做人的条件时才能让他盲目接受这一切。

　　我方才说了，这时候我已经一天能拿一块半钱了。这是我依靠订合同得来的，这是我挣来的，这是付给我的，这是名正言顺应该给我的。可是随着每个星期六夜晚的到来，我不得不把这些钱的每一分都交给休少爷。这是为什么呢？不是因为钱是他的，不是因为他出了一分力，也不是因为我靠了他才能拿到钱，更不是因为他有一点点权利，而仅仅是因为他能迫使我拿出来。在波涛汹涌的大海上面目狰狞的海盗所拥有的也正是这样的权利。

第十一章

我现在要叙述到我一生中作出了计划并最终成功逃离奴隶生活的那个部分了。可是在叙述任何特殊的情况之前，我认为有必要交代清楚：我不准备把与逃跑有关的所有事实都公开。我之所以要这样做，理由有这几点：第一，倘若我把所有的事实都详细写出来，那就不仅很可能，而且几乎可以肯定，某些人将受到牵连，会陷入极端尴尬的局面。第二，这样的叙述无疑会促使奴隶主们比现在更加提高警惕。这样一来，就会把大门看得牢牢的，不让某个亲爱的奴隶兄弟逃脱痛苦的镣铐。我深表遗憾，因为我不得不隐瞒我奴隶经历中的某些重要情节。的确，倘若我能如实道出与我那次幸运的逃跑有关的一切细节，尽可能满足许多人身上存在的好奇心，这不但能使我自己感到很痛快，而且也可以从材料上增加我自述的趣味。可是我不得不剥夺自己的乐趣以及这样的叙述会带来的对好奇心的满足。我只能容忍思想邪恶的人想象得出的最恶毒的诋毁，却不能为自己辩白，因为这样做很可能会导致最小的漏洞都被堵死，使黑奴兄弟无法从奴役的镣铐中脱逃。

我素来不赞成我们的某些西方朋友用一种非常坦率的态度对待他们所说的"地下铁路"，由于他们的公开申明，它已经不折不扣地变成为"地上铁路"。我很尊重这些善良的男子女士的高贵勇敢的品质，他们公然承认曾参与帮助奴隶逃跑，并甘愿承受残酷的迫害，这也使我极为敬佩。不过，我看不出这样做对他们自己或是奴隶的逃跑有什么好处。相反，这样地公开表态对于仍然处在奴役状态、渴望逃跑的奴隶是极其不利的。他们没做什么启迪奴隶智慧的事，相反却使得奴隶主变得更加聪明。他们刺激了奴隶主，使他们提高了警惕性，也增强了他们捕获奴隶的能力。我们既对界线以北的奴隶负有责任，同样也对界线以南的负有责任；在帮助前者走向自由的时候，我们应该小心谨慎，不要做出任何有碍于后者逃离奴役的事情来。我是要对残暴的奴隶主绝对保密，务必不让他们知悉奴隶逃跑的方式方法的。我要让他们感到自己被无数看不见的敌人所包围，随时准备把他们颤抖的猎获物从他们炼狱般的牢笼里搭救出去。我要让他们独自在黑暗里摸索，让与他们的罪行一样可怕的黑暗在他们的头上翱翔；让他们觉得在追逐逃亡奴隶的每一步路上，他们都冒着生命的危险，自己热辣辣的脑浆很可能会被某个看不见的机构打得迸溅出来。让我们一点帮助也不提供给那样的暴君，让我们遮住所有的亮光，不让他们追踪我们逃跑中的兄弟。不过这方面的事就说到这里吧。我现在要说与我的逃跑有关的事实了，该对这些事负责的仅仅是我一个人，别的人谁也不应该为此受到牵连。

到了一八三八年的年初，我变得非常烦躁。我不明白为什么每个周末都要把我的劳动所得倾入主人的钱囊。每当我把一周的工资交给他时，他在数完钱之后，总要像强盗那样凶狠地盯着我的脸，问道："就这些吗？"不拿到最后的一分钱他是不会感到满足的。不过，在我给他赚了六块钱之后，他有时会给我六分钱，算是鼓励。它恰好起到相反的作用。我把它看作我有权得到全部所得的一种凭证。在我看来，他给我工资的一部分这一事实就证明了他相信我是有权拿到全部的。我每次都是拿到一点反而更加不愉快。因为我怕给了我几分钱会使他良心上好过一些，使他觉得自己是个颇为高贵的强盗呢。我的不满情绪在逐渐滋长。我不断寻找逃跑的门路；由于找不到直接的办法，我决心采取租赁时间的办法，打算先攒一些钱，以实现我逃跑的目的。一八三八年春天，托马斯少爷到巴尔的摩来采购他的春季用品，我找了一个机会，向他请求让我租赁自己的时间。他毫不考虑就拒绝了我的请求，说这是我企图逃跑的又一个策略。他对我说，我不能到他找不到我的地方去；万一我逃跑了，他要不遗余力地把我抓回来。他告诫我要乐天知命，谦卑恭顺。他告诉我，如果我想快乐，就别去为将来打算。他说，如果我循规蹈矩，他会照顾我的。的确，他劝我压根儿不要为将来考虑，教我把过好日子的希望完全押在他的身上。他似乎看清很有必要把我的智力完全压制下去，好让我满足于被奴役的状态。可是尽管他这样要求我，尽管我自己有时候也这样要求自己，我仍然不得不思考，思考我的受奴役是多么的不公正，也思考逃走的办法。

这件事过去大概两个月后，我又向休少爷提出让我租赁自己的时间。他并不知道我向托马斯少爷请求过并且遭到了拒绝。他起初似乎也倾向于拒绝；可是在经过一番考虑之后，他又同意了给我这种特权，但是提出了以下的条件：我可以掌握自己的全部时间，可以与雇我的老板签订所有的合同，也可以自己找活儿；为了报答我所得到的这样的自由，我每周末要付给他三块钱；填船缝的工具、膳宿、衣服都由我自己负责。我的膳费是每周两元半钱。这笔钱，加上衣服、干活工具的消耗，使我每星期的正常开支要达到六块钱左右。这笔开销是我必须得挣到手的，否则我就要丧失租赁自己的时间的特权。下雨也罢，天晴也罢，有活儿也罢，没活儿也罢，每周的周末这笔钱是一定得拿出来的，否则我就必须放弃特权。可以看出来，这样的安排是绝对有利于我的主人的。他免除了照顾我的所有义务。他的收入是有保证的。他得到了蓄奴所有的好处却不用承担它的罪恶；而我呢，却既要承受一个奴隶的所有的不幸，又得忍受一个自由人的一切忧虑和苦闷。我发现这是一桩吃亏的买卖。然而，尽管吃亏，我也觉得总比旧的办法好一些。能获准挑起一个自由人的责任，这就是朝自由跨进了一步，我决心坚持这样干下去。我竭尽全力地去干能挣到钱的活儿。我干白天班，也愿干晚班，靠了最不知疲倦的坚韧和勤劳，我挣到了够我开销的钱，而且每星期还可以攒下很少的一点。我这样从五月一直干到八月。这时候休少爷不让我再租赁我的时间了。他拒绝的原因是我有一个星期六的夜晚没有能付给他一个星期时间的租钱。我之所以没有及时交付，是因为我到离巴尔的摩十英里的地方去参加一次野营集会了。那个星期里，我和几个年轻朋友约好星期六下午离开巴尔的摩到那个野营地点去；可是我的老板留住我多干一点活儿，这样我如果再去休少爷那里就肯定会使朋友们失望了。我知道休少爷那天晚上并不特别需要用钱。于是我决定先去参加野营集会，回来后再付给他那三块钱。我在野营集会上比出发时预计的多待了一天。不过我一回来就马上去见休少爷并把他认为是他该得的一份付给他。我发现他非常生气，几乎都抑制不住自己的怒火。他说他极想狠狠地用鞭子抽我一顿。他想知道我怎么胆敢不得到他的允许就离开城区。我告诉他我租下我的时间了，既然我按他开的价钱付了租金，我就不明白为什么必须向他请示我走动的时间与去向。我的回答使他张口结舌，在沉吟了片刻之后，他转身向我，告诉我再也不能租用自己的时间了；再这样下去，他就会听到我逃走的消息了。基于同样的理由，他叫我马上把我的工具和衣服都搬回家。我照做了；可是我并没有像租赁时间前所习惯的那样去找事儿干，却整个星期没有干一点点活。我这样做是一种报复。

星期六晚上，他像往常那样把我叫去，问我要一个星期的工钱。我告诉他我没有拿到工钱；我那个星期没有干活。这时候我们几乎要动手对打起来。他大喊大叫，赌誓罚咒说他一定要好好治治我。我憋住了气，一声不吭。但是心中打定主意，只要他的拳头碰我一下，那就别怪我不客气了。他没有揍我，只是说今后他要为我找长时间的活儿了。第二天，那是星期天，我把事情好好地考虑了一下，最后决定把九月三日作为我争取自由的第二个企图的行动日。我现在还有三个星期可以作动身的准备。星期一一大早，还不等休少爷来得及为我找工作，我就出了门，并且在勃特勒先生手底下找到了活儿，那是在吊桥附近所谓"市区"的他的船坞里，这样一来休少爷就没有必要为我找差事了。那一周的周末，我交给他八块来钱。他看来非常高兴，还问我为什么上一周不也这样干。他一点儿也不知道我的计划呢。我之所以要老老实实地干活，完全是为了消除他对我企图逃跑的怀疑；在这一点上我得到了很大的成功。我估计他还以为我对我计划逃走那个阶段的生活满意得很呢。第二个星期过去了，我又把全份工资都交给了他；他高兴极了，居然给了我二角五分钱（就奴隶主给一个奴隶的钱来说，这笔钱就算相当大了），还叫我好好花。我告诉他说我会好好花的。

　　事情在外部发展得相当顺利，可是在我内心深处遇到了困难。随着我预定的出发日期逐渐临近，我简直难以形容我心中起伏的波澜。在巴尔的摩我有一些热心肠的朋友——我几乎像热爱自己生命那样爱着他们——一想到要和他们永远分离真使我痛不欲生。在我看来，千百个奴隶本来是可以从奴役下脱逃的，仅仅是因为朋友间强大的感情联系才使他们留了下来。不舍得与朋友离别显然是需要克服的最缠人的一种思想了。对他们的爱是我的一个弱点，它比任何别的因素都更能动摇我的决心。除了离别之苦之外，对失败的恐惧与忧虑也比我第一次企图逃跑时所感受到的远为强烈。我已经抑制住的那种可怕的失败感如今又重新抬头来折磨我了。我明确知道，倘若我这一次的逃跑失败，就永无翻身的希望了——我将注定一辈子当奴隶了。我不能指望受到比最严厉的惩罚稍轻的发落，以后再也不可能有一丝逃跑的希望。万一失败，不需要多大的想象力便描绘得出我会经受何种可怕的遭遇。奴役的不幸和自由的幸福永恒地悬挂在我的面前，对我来说，这是一个生死攸关的问题。但是我意志一直很坚定。按照我的决定，在一八三八年的九月三日，我摆脱了我的锁链，没有遇到任何最微小的阻难就成功地来到了纽约。我是怎么做的，采取了什么办法，走的是什么路线，用的是什么交通方式，我只能缄口不言，理由上面已经交代过了。

常常有人问我，当我发现自己已经来到一个自由州之后，我有什么感觉。我的回答总是不能令自己满意。那是一个我平生最激动的时刻。我想我的感受，相当于一个手中没有武器的水手在海盗追逐下被一条友好的兵舰救出来时的感受。在我刚到纽约时，我曾给一个好友写信，信中说，我仿佛感到自己刚从饿狮窟中逃出来。然而，这样的精神状态很快就消失了；我又重新沉浸在一种巨大的不安全感和孤独感中。我仍然很有可能被抓回去，去经受奴隶制的各种折磨呢。这一点本身就足以给我的热情浇上一瓢凉水。可是使我真正感到难以忍受的还是那种孤独感。我处在千百个人的中间，然而又是一个十足的陌生人：我没有家，没有朋友，我置身在千百个自己的兄弟中间——都是同一个天上的父的孩子，我却不敢向任何一个人袒露自己的悲哀。我不敢与任何人讲话，生怕那是一个坏人，生怕会因此落入嗜钱如命的拐子们的手中，他们的职业就是埋伏着专等气喘吁吁的逃亡奴隶落网，就像森林里的猛兽躲在暗处等待猎获物那样。我从脱离奴役状态时起信奉的一句格言是：

"谁也不信!"在我眼里,每个白人都是敌人,而几乎每个黑人的身上都有不可信任的因素。这真是最令人痛苦的处境啊,谁想了解它的滋味,必须亲自来体味一下,或是设身处地的想一想才行。让他到一个陌生的地方去做一个逃亡的奴隶——而这个地方又是奴隶主自由自在的猎场——这儿的居民都是合法的拐子——在这里他每一分钟都可能被他身边的同伴抓住,就像小动物被阴险的鳄鱼抓住一样!——我说,让他到这样的地位来试试看——没有家庭和朋友,没有钱也没有信誉,需要藏身的处所却没有人提供,需要面包却没有钱购买。与此同时,让他感觉到有无情的杀手在追捕他,他又是两眼一抹黑,完全不知道该干什么,该上哪儿,该待在何处——他束手无策,既不知如何保卫自己也弄不清脱逃的办法;周围物资很丰富,他却饥火中烧;周围房舍鳞次栉比,他却无家可归;周围都是同一族类,却仿佛置身在猛兽群中。它们一心想吞吃浑身发抖、半饥半饱的逃奴,那种贪婪的劲头只有深水里吞食弱小的鱼类以维持生存的怪物才可以相比——我说,让他到这样极其难以忍受的环境里来试试看——也就是我待过的环境。然后,也只有在这以后,他才会充分了解逃奴的艰辛,知道该怎样同情操劳过度、身上鞭痕累累的逃亡奴隶。

感谢上苍,我在这样痛苦的环境中只生活了一个短暂时期。大卫·勒格尔斯先生伸出他那仁爱的手,把我从苦难中救出来,他的警觉、仁慈和坚忍我是永远也不会忘记的。我很高兴能有一个机会,尽语言的所能,来表达我对他的爱戴和感激。勒格尔斯先生如今双眼失明,自己也需要与当年他慷慨赐予别人的同样慈爱的帮助。我到达纽约只不过几天,勒格尔斯先生就找到了我,非常和蔼地把我带到在教堂街和莱斯波纳德街拐角处的他的膳宿公寓里去。勒格尔斯先生当时深深地卷进那宗有名的"达格"案件里,另外还要照顾其他逃亡的奴隶,为他们想出成功脱逃的门路和方法；他虽然在几乎每一个方面都受到监视与包围，但是似乎比所有的敌人都要高出一筹。

我到勒格尔斯先生那里去之后，很快，他就问我想到哪儿去，他认为我留在纽约并不安全。我告诉他说我是一个填船缝工，希望能到找得着活儿的地方去。我想到去加拿大；可是他反对这个主意，主张我去新贝德福①，认为在那儿我可以找到本行工作。这时候，我的未婚妻安娜②来了；因为我一到纽约马上就给她去了信（虽然我没有家，没有住所，没有人帮助我），通知她我已成功出逃，并希望她立即前来。她来后过了几天，勒格尔斯先生请来了 J.W.C. 潘宁顿牧师，牧师在勒格尔斯先生、迈克尔斯太太和另外两三个人的面前，举行了我们的结婚仪式，发给了我们一张证书，原文抄录如下：——

本证书证明本人曾主持婚礼，使弗烈德里克·约翰逊③与安娜·默雷缔结神圣的夫妻关系，在场者有大卫·勒格尔斯先生与迈克尔斯太太。

詹姆士·W.C. 潘宁顿

一八三八年九月十五日于纽约

在收到这张证书和勒格尔斯先生给的一张五美元的钞票之后，我把一件行李扛在肩膀上，安娜提起另一件，我们立即动身登上约翰·李奇蒙号轮船，取道新港去新贝德福。勒格尔斯先生交给我一封信，是致新港的一位肖先生的，他告诉我，万一还没去新贝德福我的钱就用完了，我们可以在新港停下来争取别的支援。可是当我们抵达新港时，由于急着要到一个安全的地方

---

① 马萨诸塞州东南部的一个海港城市。
② 她是个自由人。——原注
③ 当时我将我的名字从弗烈德里克·巴莱改为弗烈德里克·约翰逊。——原注

去，尽管没有足够的钱买票，我们还是决定坐上驿车，保证等我们到了新贝德福后再付钱。有两位出众的先生鼓励我们这样做，他们是新贝德福人，后来我打听到他们的名字是约瑟夫·里克特森和威廉·C.台伯。他们似乎一下子就弄明白了我们的处境，热情地向我们显示出他们是友好的，使我们在他们面前感到轻松自如。在那样的时刻遇到了那样的朋友真是再好不过了。在抵达新贝德福之后，我们被带领到内森·约翰逊先生的家里去，他热情地接待我们，殷勤地照顾我们的生活。约翰逊先生以及他的太太都对我们黑人的事务表现出深切与细致的兴趣，证明他们的确无愧于废奴主义者的美称。我们到达时，驿车御者发现我们付不出车票钱，便扣下了我们的行李以作抵押。我对约翰逊先生一提起这件事，他立刻就去付了这笔钱。

我们现在开始体会到有一定程度的安全感了，便准备承担一个自由人的义务和责任。在抵达新贝德福后的第一个早晨，在餐桌上，我应该叫什么名字的问题被提了出来。我母亲给我起的名字是"弗烈德里克·奥古斯塔斯·华盛顿·巴莱"。我在离开马里兰州前早就把当中的两个名字省略了，因此，大家一般都叫我"弗烈德里克·巴莱"。我从巴尔的摩动身时用的名字是"斯丹莱"。到纽约后又把名字改为"弗烈德里克·约翰逊"，满以为这是最后一次改动了。可是在来到新贝德福后，我发现又有改名字的必要了。我之所以必须改名，是因为在新贝德福，叫约翰逊的人实在太多，已经很难区分了。我把选择名字的权交给约翰逊先生，但是我请他切勿把"弗烈德里克"也去掉。这个名字我是一定要的，好保留我的自我感。约翰逊先生当时正在读《湖上夫人》①，他立刻建议用"道格拉斯"来做我的姓。从那时起直到如今，人们都叫我"弗烈德里克·道格拉斯"；知

---

① 英国作家华尔特·司各特所作的一首长诗，发表于 1810 年。

道我这个名字的人远较知道我别的名字的人多，我打算继续用它来做自己的名字。

新贝德福的总的生活情况使我颇感意外。我发现自己对于北方人的性格和状况原有的印象都是错误的。当我是个奴隶时，不知怎么的居然认为，和南方奴隶主相比，北方人大概是享受不到同样舒适的生活的，更不用说那种奢侈了。我所以得出这样的结论也许是因为考虑到北方人不拥有奴隶吧。我琢磨他们的生活水平大概和南方不拥有奴隶的居民差不多。我知道那些居民是相当穷的，我惯于把他们的贫穷归因于不拥有奴隶。不晓得什么原因，我接受了这种看法：不蓄奴，就敛聚不起财富，也不可能过太优雅的生活。来到北方以后，我预期遇到的会是粗鲁的、胖手胖足的、没有文化教养的居民，过的是最斯巴达式的简朴生活，南方奴隶主的那种悠闲、奢侈、虚荣和豪华，他们肯定连听都没听说过。我的猜测就是这样的，因此，任何一个对新贝德福的情况有所了解的人，立刻就可以推断出我那时是如何昭然若揭地看出自己的谬误。

抵达新贝德福当天的下午我就到码头上去了，为的是了解航运业的情况。在这里我发现自己被财富最有力的证据所包围。我看见许多艘造型极佳、管理极好的非常巨大的船停靠在码头上和行驶在波浪间。在我的左面和右面，耸立着许多花岗石造的仓库，规模极大，里面满满地贮存着生活的必需品和奢侈品。此外，几乎每一个人都在工作，但是和我习惯的巴尔的摩的情况比起来，都是静悄悄的。听不见给船装货、卸货的工人在大声唱歌，也听不见谁在吵吵闹闹地咒骂工人。我看不见有谁在鞭打谁；可是一切似乎都运转得很正常。每一个人好像都懂得该怎么干自己的活，他们用一种清醒然而又是愉快、认真的态度来从事自己的工作，这说明他们对自己正在做的事是有浓厚兴趣的，同时又都很有自尊心的。对我来说，这样的景象极不寻常。我又从码头逛开去，绕城镇走了一圈，我惊异与敬佩地盯视着那些壮观的教堂、美丽的住宅和修整得精致的花园，它们显示出相当水平的财富、舒适、趣味和修养，这是我在蓄奴的马里兰州任何一个地区都没有见到过的。

一切看上去都显得很干净，既新颖又漂亮。我很少看到甚至根本看不到颓破的房子和贫困的居民，也看不到半裸的孩子和赤脚的妇女，可这些景象在希尔斯巴勒、伊斯顿、圣迈克尔斯和巴尔的摩屡见不鲜。这里的人比马里兰州的人显得更加能干、强壮、健康和快活。我总算第一次没有在看到极端的富足感到高兴的同时，又因为看到极端的贫困而感到伤心。可是最使我感到惊诧和有趣的还是黑人的状况，他们大部分人像我一样，是从追捕者的手里逃到这里来的。我发现有不少人，他们摆脱锁链还不到七年，却已经住在相当讲究的房屋里，生活得相当舒适，水平已经在马里兰州一般的奴隶主之上。我敢大胆地说，和马里兰州塔波特县十分之九的奴隶主相比，我的朋友内森·约翰逊（对于他，我要用感激的心情说："在我饥饿时，他给我肉；我干渴时，他给我饮料；我无家可归，他却收留了我。"）住的房子更加整洁，吃的饭食更加讲究，订的、读的报纸更多，对国内道德、宗教和政治的情况也了解得更加清楚。然而约翰逊先生是一个工人。他的手因为劳动而布满腽子，不单他的手是如此，约翰逊太太的手也一样。我发现黑人在这里日子过得比我所设想的更加生气勃勃。我发现他们都有一种坚决的意志，愿意不惜一切地保护伙伴，避免嗜血的绑架者的侵犯。我到那里之后不久，就听说了一件事情，足可说明他们的精神。有一回，一个黑人和一个逃亡的奴隶发生了争执。有人听见那黑人威胁逃奴说要向他的主人报告他的下落。立刻，有人贴出铅印的通知："重要事务！"要召开黑人大会。威胁告密者也被邀出席会议。人们在指定的时候都来了，他们推选出一个非常虔诚的老人来做主席，我相信他先做了一番祈祷，然后又向大会致词："朋友们，我们把他弄到这儿来了，我建议你们年轻人干脆把他带到门外去，把他杀死！"听了这番话，好些人扑向告密者；可是有些胆子比较小的人出来拦住了他们，告密者逃过了他们的报复，从此就没有在新贝德福露面。我相信再没有人敢这样威胁别人了，今后要是再有，我毫不怀疑死亡将是这个人的命运。

我来到这儿的第三天找到了工作，要干的活是把一车油装到一艘多帆单桅小船上去。这对我来说是一件新的、肮脏的、艰苦的工作；可是我愉快、自觉地去干。我现在是自己的主人了。那是一个快活的时刻，那种狂喜的心情只有当过奴隶的人才能体会到。那是我的第一个工资全部归己的工作。没有休少爷早就等在那里，一等我拿到钱就把它从我手里夺走。那天干活时的愉快心情是我从来也没有体验过的。我是在为我自己和我的新婚妻子工作。对我来说，这是新生活的开始。干完这个活儿之后，我又去找填塞船缝的工作。可是白种填缝工中间种族偏见很深，他们拒绝和我一起工作，这样，我自然就找不到工作了①。我发现我的行当不能立即得到利益，便脱下我的填缝工的工作服，准备从事任何一种我能找到的工作。约翰逊先生很慷慨地让我用他的锯木架和锯子，很快，我就找到了许多活儿。再重的活儿我不嫌重，再脏的活儿我也不嫌脏。锯木头、铲煤、当泥瓦小工、扫烟囱、滚油桶——有活儿我就来者不拒——差不多三年里，在新贝德福，我干遍了所有这些活儿，直到我在反奴隶制的圈子里广为人们所知。

我抵达新贝德福大约四个月之后，有一个年轻人来找我，

---

① 我听说由于反奴役制运动的结果，现在黑人在新贝德福也能找到填塞船缝的工作了。——原注

问我要不要订《解放者》。我告诉他我很想订，但是由于从奴役下逃出来不久，我现在还没法付报费。但是我终于还是成了这份报纸的订阅者。报纸来了，我每星期都读它，读时的心情我无法用语言来形容。这份报纸成了我的粮食，我的饮水。我的灵魂给旺炽地燃烧起来了。它对我的羁约中的兄弟的同情，它对奴隶主的辛辣谴责，它对奴隶制的忠实揭露，还有它对这种制度的维护者的有力攻击，都使我的灵魂产生一阵阵快乐的颤动，这种感受是我以前从未体会过的!

我成为《解放者》报的读者并不太久，便对反奴隶制改革运动的原则、步骤与精神有了一个相当正确的认识。我紧紧地跟随这个运动。我力量很微薄，做不了多少工作，但是只要力所能及的事，我都是高高兴兴地去做的，去参加一次废奴运动的会议对我来说是一桩无比快乐的事。我在会上没什么可说的，因为我想说的早就由说得更好的人说掉了。可是一八四一年八月十一日在参加楠塔基特 ① 一次废奴大会时，我强烈地受到感动，很想发言，与此同时，威廉·C.柯芬先生又极力鼓励我去发言，这位先生过去听到过我在新贝德福一次黑人会议上的发言。这是一个严峻的考验，我接受时心里还直打鼓。真实的情况是：我觉得自己是一个奴隶，在白人面前讲话给我的精神压力很大。不过才讲了几分钟，我就觉得轻松多了，我想说什么，都能自由自在地表达出来。从那时起直到现在，我一直致力于为黑人兄弟呼吁——至于得到多大的成功，态度是否够忠诚，这就得让熟悉我工作的那些人来作出判断了。

---

① 马萨诸塞州的一个海岛。

附　言

在重读上面的《自述》时，我发现我有几处在提到宗教时，用了那样一种口气与姿态，很可能使不了解我的宗教观点的人认为我是反对一切宗教的。为了不使人们易于产生这样的误解，我认为有必要增添下面的简短解释。凡是我说过的关于宗教和反对宗教的言论，都仅仅与美国的主张蓄奴的宗教有关，丝毫不涉及真正的基督教；因为，在美国的基督教与基督的基督教之间，存在着不能再大的差别——这差别是如此巨大，你倘若接受其中的一种，认为它是善良、纯洁和神圣的，那么你就必须摈斥另一种，认定它是堕落、腐败和邪恶的。你当这一种的朋友，就必须做那一种的敌人。我热爱纯洁、和平、无私的基督的基督教：正因如此，我便憎恨美国的腐败、蓄奴、鞭打妇女、抢走摇篮里的婴儿、自私和伪善的美国的基督教。真的，我看不出有什么理由，除了最虚伪的之外，可以把美国的宗教称为基督教。在我眼里，它是所有用词不当、所有最不要脸的欺诈、所有最恶劣的诽谤的集大成。再没有一件更典型的事例，足以说明"偷去天庭的号衣好让魔鬼登堂入室"这句话了。每当我想起充斥在身边的宗教上的种种虚张声势，还有那些骇人听闻的前后矛盾，我心头就会涌起一种难以言喻的厌恶。在我们这里，人口贩子变成了牧师，鞭打妇女的人当上了传教士，掠夺婴儿者竟是教会成员。平时挥舞沾满了血的牛皮鞭子的太岁到了礼拜日便跻身讲道坛，还自称是柔顺、卑贱的耶稣的传道人。每周周末把我的工资抢去的人到了星期天的早晨，又以读经班领导人的面目与我见面，向我指出人生之路和得救之道。把我的姐妹卖出去当娼妓的人却作为卫道者站在前列。声称读《圣经》是宗教责任的人偏偏剥夺了我的权利，不让我学会朗读创造了我的主的名字。宗教婚礼仪式的捍卫者不让千百万人接受它的神圣影响，听任他们成为集体淫乱的受害者。圣洁的家庭关系的热情辩护士偏偏去把一整个一整个家庭活活拆散——让丈夫和妻子、父母和子女、姐妹和兄弟各奔东西——使得茅舍空旷无人、炉灶冰冷无火。我们看到小偷在宣讲不可盗窃，偷情者在反对通奸。我们见到卖掉男奴隶来资助建造教堂，卖掉女奴以传播福音，卖掉婴儿来购买《圣经》好使可怜的野蛮人归化！这一切都是为了上帝的荣耀和灵魂的得救！拍卖奴隶的铃声和号召上教堂的钟声交相鸣响，心碎的奴隶的惨痛的哭喊则被淹没在他的虔诚的主人的宗教赞诵里。宗教奋兴活动与奴隶市场的兴旺同时发生。奴隶的监狱与教堂恰好是近邻。同一时刻里既可以听到监狱里镣铐锁链的锒铛声，也可以听见教堂里虔诚的圣歌和庄严的祈祷。人的肉体与灵魂的贩子就把他们的拍卖台搭在牧师的讲道坛的前面，他们互相帮助。人口贩子用他的沾上鲜血的金币来支持讲道坛，而牧师，为了报答，就用基督教的外衣来掩盖对方的罪恶行径。在这里我们见到了宗教和盗匪成为联盟——魔鬼穿上了天使的圣袍，地狱给人以天堂的假象。

> 正直的上帝！就是那些人
> 　在您的圣坛上摆弄，主啊，
> 依靠祈祷与祝福，那些人

在把以色列的方舟操纵。

　　什么！一边布道，却又把人拐诱？
　　　一边感恩，又去抢劫苦命的穷人？
　　一边谈论主的光辉自由，然后
　　　紧紧关上囚禁俘虏的大门？

　　什么！您自己的仆佣，"仁慈
　　　的儿子"，出来寻找和慰抚
　　无家可归的流民，却给受鞭笞、
　　　做苦工的奴隶加上桎梏！

　　彼拉多和希律 ① 互相帮忙！
　　　大祭司与君王总沆瀣一气！
　　正直圣洁的主啊！巍巍教堂
　　　怎反倒给坏人增添力气？

　　美国的基督教是这样的一种基督教，对于它的信徒，借用描写古时候经学家和法利赛人的话来形容他们，那真是最恰当不过了："他们把重担捆起来，压在人的肩头上，但自己连一个指头也不动。他们所做的一切，都是要做给人看——他们喜欢筵席上的首位，会堂里的高位……又喜欢人们称呼他们拉比，拉比 ②。——可是虚伪的经学家和法利赛人哪，你们有祸了！你们在人面前关了天国的门；自己不进去，连正要进去的人，你们也不准他们进去。你们吞没了寡妇们的房屋，却又装腔作势

---

① 彼拉多，《圣经》中判处耶稣钉十字架的总督。希律，以残暴著称的犹太国王。
② 希伯来语，大师、学者之意。

97

地做长长的祈祷；为此，你们将遭受更大的天谴。你们走遍海洋陆地，要使一个人入教；当他入了教，你们却使他沦为地狱之子，比你们更甚。——虚伪的经学家和法利赛人哪，你们有祸了！你们把薄荷、茴香、芹菜，献上十分之一，却忽略律法上更重要的，就如正义、怜悯和信实；这些更重要的是你们应当做的，但其他的也不可忽略。你们这些瞎眼的向导啊，你们把蚊虫滤出来，却把骆驼吞下去。虚伪的经学家和法利赛人哪，你们有祸了！你们把杯和盘的外面洗净，里面却装满了抢夺和放荡。——虚伪的经学家和法利赛人哪，你们有祸了！你们好像粉饰了的坟墓，外面好看，里面却装满了死人的骨头和各样的污秽。照样，你们外面看来像义人，里面却充塞着虚伪和不法。"[1]

　　这幅图画尽管很阴郁可怕，我却认为是对美国绝大多数自称基督徒的人的真实写照。他们把蚊虫滤出来，却把骆驼吞了下去。对我们的宗教团体来说，难道有比这更真实的写照吗？若是有人建议让一个偷羊者参加他们的宗教团体，他们会大为震惊；可是同时他们和一个偷人者亲密无间，倘若我在这一点上指责他们，他们还会给我扣上一顶"异教徒"的帽子。他们以法利赛人的严格态度履行宗教的外在仪式，可是同时又忽略了律法上更重要的，那就是正义、怜悯和信实。他们随时准备献祭，可是很少显出有怜悯的精神。他们是这样的一些人，声称自己热爱上帝，这是他们看不见的，却憎恨他们看得见的兄弟。他们热爱住在地球另一面的异教徒。他们可以为野蛮人祈祷，捐钱以便让他们手中可以有《圣经》，让传教士去开导他们，可是同时又鄙视和全然忽略在自己门口的异教徒。

---

[1]　出处见《圣经·新约·马太福音》23 章，文字稍有改动。译文参照《新约全书》(新译本)，香港中文《圣经》新译会，1979 年。

简单地说，这就是我对这个国家的宗教的看法；为了避免引起任何出自一般术语的应用上的误解，我要说清楚，我在说这个国家的宗教时，指的是北方以及南方的这样一些团体，它们自称基督教教会，可是它们的种种言行表明自己与奴隶主结为同盟。这些团体的所作所为是反对宗教的，我觉得我有责任出来作证。

我现在将抄录一篇刻画南方宗教（北方的宗教何尝不是如此）的作品以结束我的评论，我郑重地断言，这篇作品是"忠实于生活"的，既没有漫画化也没有丝毫夸张。据说，这是在当今反奴隶制高潮的几年之前，由一位北方的卫理公会派的牧师写的，他住在南方时，有机会目睹奴隶主的伦理道德、礼教和宗教热情。"难道我不该为这些事情而来吗？主说。难道我的灵魂不该向这样的一个国家报复吗？"

戏拟诗

> 圣者与罪人，都来听我言，看虔诚的
> 牧师怎样给杰克和耐儿添加鞭痕，
> 他们卖掉婴儿，买进女人，
> 却说都得进地狱，一切有罪的人，
> 　接着又赞颂天国的和谐。

> 他们滔滔不绝，山羊般咩咩叫，
> 把黑羊吞下去，脏东西全不要，
> 穿上黑大衣，打扮得好斯文，
> 又去掐黑奴脖子，让他们
> 　喘不出气，为了天国和谐。

你爱喝几杯？他们拉你进教会，
你偷一只羊，他们却咒你倒霉；
你可以侵犯黑奴的人权，
也能克扣他们的面包和肉卷；
　　这真是骗子的天国和谐。

他们高谈基督的报应，
却用绳索套住他的脖颈，
叱骂，挥舞万恶的皮鞭，
出卖兄弟，当着上帝的面，
　　破坏了天国的和谐。

他们把圣诗朗诵又歌唱，
大声做祈祷可谓臭又长，
劝人行善自己却作恶，
让别人听得直叫苦，
　　反复讲天国的和谐。

真不懂这些圣徒怎么能
厚着脸皮歌颂主的神恩，
他们打骂虐杀自己的奴隶
跟财神才真是通同一气，
　　良心黑哪有什么和谐。

他们种烟草、玉米和裸麦，
坑蒙拐骗哪一样不来，
敛聚起堆到天边的财富，
全依仗枝条、皮鞭的挥舞，

还梦想天国的和谐。

他们把老东尼脑袋砸开瓢，
却像巴山的公牛，吼叫着布道，
又像满肚冤屈的叫驴在干嚎，
然后揪住老雅各头上的卷毛，
　　指望能得到天国的和谐。

这个偷人贼爱吵吵，嘴甜舌滑，
餐桌上牛羊肉不断，吃香喝辣，
却从来不施舍一分与半文
给啼饥号寒中的穷人，
　　这算哪门子天国和谐。

"勿爱世人"，牧师开了口，
挤挤眼睛，还摇摇他的头；
他扑向汤姆、狄克和耐德，
减他们的衣服口粮，有多啬刻，
　　可他爱天国的和谐。

那一位声音打抖还带泪，
说为罪人把心都操碎：
他捆紧老南尼在一棵橡树上，
每一鞭都让她鲜血直流淌，
　　他祈祷为了天国的和谐。

另外两个张开了血盆大口，
用偷婴儿的爪子向你招手；

他们自己的孩子玩得多快活；
黑哥们衣裤破食不果腹，
　　为维持他们的天国和谐。

别人夺走杰克的财富，
去讨好自个的情夫情妇，
他们穿红戴绿活像赤练蛇，
甜饼吃得撑直打饱嗝；
　　这也算为了和谐。

　　我真诚而郑重地希望，这本小书能对人们认识美国的奴隶
制度，并对促使千百万在水深火热中的兄弟得到解放这一快乐
的日子早些到来，多少起点作用。只有全心全意地依靠真理、
爱和正义的力量，他们才能得到解放。为了祈求自己微薄的力
量能得到成功——我庄严地保证要重新把全部力量投入这场神
圣的事业——我特亲笔签名如下：

　　　　　　　　　　　　　　弗烈德里克·道格拉斯
　　　　　　　　　一八四五年四月二十八日于马萨诸塞州林恩

附　录

致老主人的信[*]

致我的老主人托马斯·奥德

　　阁下——在你我之间不幸存在着的那种长期而密切虽说绝非友好的关系使得我相信，你不费吹灰之力就能说出我之所以冒昧这样坦诚而公开地给你写信的原因。你会再次发现你我的名字并列在一起，可又不是在广告里，并非在精确地描述我的外形并为逮捕我提出大笔钱的赏格。这可能使你既惊讶又不快，可是这个事实又可能会消除这种不快的惊讶。在这样再次把你拉到公众之前的时候，我意识到我将会遭受到绝非无足轻重的责难。我将可能被指控为，如果说不是肆无忌惮且又不顾后果地，那也是无正当理由地蔑视私人生活的权利和礼仪。不论在南方还是在北方都有这么一些人，他们对仅仅是习俗上的权利

----

　　* "奴隶给主人写信可谓凤毛麟角。下面这封信是独一无二的，而且可能是这一种类中现存的唯一一个样品。它是我在英国时写的。"［道格拉斯注］此信写于 1848 年 9 月 3 日，以纪念道格拉斯逃出奴役十周年，并作为附录收进道格拉斯的自传《我的奴隶生涯和我的自由》（1855）的第二版。在第三部自传《弗烈德里克·道格拉斯的生平和时代》（1881）问世前不久，道格拉斯遇见了他以前的主人，他们已四十多年没有见面了，当时老主人已八十多岁并行将就木。两人见面时达成了谅解；道格拉斯评论道，"我把他看作和我一样，都是血统、教育、法律和习俗的种种情况的牺牲品"（《生平和时代》第 16 章）。——原编者注

的尊重，远远超过对涉及个人的和本质的权利的尊重。在我们国家有为数不少的人，他们掠夺劳动者坚韧勤勉的血汗劳动所得时毫无顾忌，看见你的名字被极不文雅地置于公众面前时却大为震惊。我相信会出现这种情况，并愿意面对针对我的行为而提出的每一种有道理的或者似乎有理的异议，因而将坦率地阐明我在这个情况中为自己辩护的根据，正如以前我认为公开提及你的名字是恰当时所做的那样。人们公认，犯下偷窃、抢劫或谋杀罪的人也就丧失了不公开隐私生活的权利，社会有权将这种人完全暴露无遗。不管他们多么想匿藏幽处，不管他们多么意欲将自己和自己的行踪从公众的凝视中掩藏起来，公众都有权利把他们搜查出来，将他们的行径置于国家的适当法庭前进行调查。阁下，你无疑将恰当地运用这些得到普遍认可的原则，并将轻而易举看到我看待你时所凭借的依据；我不会因而对你出言不逊而显得心绪不佳。我知道你是个相当聪明的人，你能立即判断出我对你的性格所作出的明确估价。我可能因而较多地使用这样一种语言，在别人看来它可能曲折隐晦，你本人却完全能够理解。

我之所以选择这一天来给你写信，是因为它是我的解放纪念日；鉴于没有其他更好的办法，也就导致我把它看作庆祝那个真正重要的事件的最佳方式。恰恰是十年前的这个美丽的九月清晨，远方的灿烂太阳注视着我，一个奴隶——一件可怜而卑微的动产——听见你的声音后颤抖不已，为我是人而悲叹，巴不得自己是头牲畜。数周来我心中珍藏着从你的控制中安全而成功地逃脱开的希望，可在最后的时刻这希望又与怀疑和恐惧的乌云相遭遇，使得我身体颤抖，胸脯在希望与恐惧之间的争斗中剧烈起伏。在那个永远难忘的清晨——我是破晓时分动身的——我所经历的极度的灵魂的痛苦，我没有语言能够向你描述。我那时正在进行一项冒险的行动。当时的种种可能性，就我能头脑清醒地将它们确定下来而言，都是顽固地与我的事业作对。我预先所采取的种种预备措施和预防手段所取得的效果都极差。我就像一个奔赴战场却未带武器的人——有十分失败的可能却只有一分胜利的机会。我曾向一个人吐露了我的计划，他也许诺帮助我，可是在关键时刻吓破了胆而抛弃了我，这样就将成功或者失败的责任全部压在我自己的身上。你，阁下，是永远也不会知道我的那些感觉的。当我回顾那些感觉的时候，我几乎难以意识到我经历了一个极其严峻的场面。然而，尽管非常严峻，尽管前景暗淡，但要决定我在尘世间的整个事业的那一时刻，我却应该感谢那俯视万物的上苍，他永远是被压迫者的上帝，他的圣恩是无处不在的；于是我下定了决心。我拥抱住那千载难逢的良机，乘清晨涨潮时分下海，结果成了一个自由人，年轻、活跃而又强壮。

我从你那儿逃离是正当的，我经常想该向你说明这其中的种种理由。现在我几乎耻于这样做，因为此刻你也许本人已发现这些理由了。然而，我将简略地谈一下。在只不过是个六岁左右的孩子时，我即怀有要逃离的决心。我现在所能记得的就我而言所作的第一个脑力上的努力，就是试图解开这个谜——为什么我是个奴隶！这个问题使我稚嫩的头脑绞尽脑汁达数年之久，不时比其他事情都更沉重地压在我身上。当我看见监工鞭打一个女奴，抽得她脖颈上鲜血迸流，听见她那可怜的哭喊时，我便跑进篱笆的角落，哭泣着琢磨这个谜。通过某种我不知为何物的媒介，我得知有那么个上帝，他是所有人类——黑人和白人——的造物主，造出黑人给白人当奴隶。至于他何以这样做却又同时是仁慈的，我说不出个所以然来。我并不满意这个理论，因为它使上帝为奴隶制负责任；这给我带来极大的痛苦，我经常长时间地为这个理论而哭泣。有一次，你的第一位妻子卢克丽霞太太听见我叹息，见我落泪，于是问我出了什么事，可我不敢告诉她。这个问题一直令我大惑不解，后来有一天晚上，我坐在厨房里，听见一些老奴讲，他们的父母是被白人从非洲偷来的，卖到这儿当了奴隶。整个谜一下子解开了。此后不久，我的阿姨吉妮和姨夫诺亚跑掉了，你的岳父对此大吵大嚷，这使我第一次得知如下事实，即除了蓄奴州之外还有自由州。从那时起，我便决心将来有一天要跑掉。我之所以打算这样行动，道理是这样的：我是我自己，你是你自己；我们是两个不同的人，平等的人。你是什么，我就是什么。你是人，我也是人。上帝创造了咱们俩，并使咱们成为各自独立的人。我并非天生即是你的奴隶，你也并非天生即是我的奴隶。造化并未使你的存在仰赖于我，也未使我的存在仰赖于你。我不能够靠你的腿而行走，你也不能够靠我的腿而行走。我不能替你呼吸，你也不能替我呼吸；我必须为我自己呼吸，你也必须为你自己呼吸。我们是截然不同的人，每个人都被平等地提供以各自生存所必需的才能。在离开你的时候，我只带走属于我的东西，而绝对没有分毫减少你获得堂堂正正的生活的资料。你的种种才能和你待在一起，而我的种种才能开始对它们的合法主人变得有用起来。因而在这件事务的每个方面我都看不出有什么不当之处。我是秘密出走的，这话不假。但这与其说是我的过错，倒不如说是你的过错。倘若我让你了解到这个秘密，你就会把这件事情整个儿毁掉；要不是因为这一点，我当时是会真正乐于让你知晓我出走的意图的。

你或许可能想知道我对我当前的状况感觉如何。老实说，我对当前状况的喜爱，远胜于对在马里兰时的状况。然而，我绝非对作为一个州的马里兰抱有任何偏见。它的地理环境、气候、富庶和产品足可使它成为一个令任何人都极其称心如意的住所；如果不是那儿存在着奴隶制，我再次在那个州里定居也并非没有可能。并不是我不热爱马里兰，而是我更热爱自由。

要知道北方人都有这样奇怪的幻觉，他们以为南方的奴隶要是获得解放就会蜂拥而至北方，得知这一点你一定会感到惊讶。其实情况远非如此，到了那个时候，你就会看到许多熟悉的老面孔又回到了南方。事实上是，在获得解放的时候，这儿没有几个人不乐于返回南方的。我们想生活在我们出生的大地上，想把我们的尸骨埋在我们的父亲的身边；只是对个人自由的强烈热爱才使得我们离开南方。为了这个缘故，我们大多数人才宁可靠一块干面包片和一杯冷水来度日。

自从离开你之后，我的经历颇为丰富。我得到了当我是奴隶时从未梦想过的地位。在我离开你以后的十年中，有三年时间我是在马萨诸塞州新贝德福的船坞里当普通工人。正是在那里，我第一次挣得了自由的钱，那是我的钱，我可以随心所欲地花。我能够用它来买火腿或是鲱鱼，而不用要求任何人的恩惠。对我来说，那是一块宝贵的美元。你还记得，我在巴尔的摩时通常每周挣七美元或八美元，有时甚至九美元钱，每到星期六晚上你就把这其中的每一分钱从我的手中要去，并且说我是属于你的，我挣的钱也是属于你的。你的这个举动我从来也没有喜欢过——说得好听点，我觉得这举动未免有点小气。但愿我从未这样伺候过你。但这事就不说了吧。我刚在新贝德福登陆时，在用新英格兰的方式数钱时不太熟练。有几次我差点儿就把自己暴露出来。我发觉自己把四便士错说成"菲普"，赶紧住了嘴；有一次一个人实际上指控我是个逃奴，一听此话我便从他身边跑开，结果愚蠢得果真成了逃奴，要知道我太害怕他可能采取措施再把我投进奴隶制之中了，我当时对这种状况的惧怕胜过死亡。

然而，不久我不仅学会了挣钱，而且也学会了数钱，一切顺利。在离开你后不久我便结了婚；事实上，在离开你以前我就已订了婚；而且结果发现我的伴侣远非一个负担，而是一个真正的良伴。她去别人家帮佣，我在码头上干活，尽管头一个冬天我们辛苦劳作，但生活是空前的快活。在新贝德福待了三年之后，我偶然遇见威廉·劳埃德·加里森①，这个人你可能听说过，因为他在奴隶主当中很有名气。他给我的脑海里灌输进这样的想法，即我可能使自己有裨益于奴隶的事业，方法就是把我的一部分时间献出来，说出我本人的悲伤，以及我通过观察得知的其他奴隶的悲伤。这是一种高于我以前所曾希冀的生存状态的开始。我被投身进这个国家所提供的最纯洁、最开明、最仁慈的社交界之中。和这些人在一起的时候我从未忘记过你，但又总是把你用作话题——这样也就尽我所能使你声名狼藉。不用说你也知道，在这些圈子里对你形成的看法远非良好。他们对你的诚实评价不高，对你的宗教评价更低。

　　不过我要对你讲述我的某种有趣的经历。我进入刚才提到的优秀社交界后不久，它那美德的光就对我的心智起了一种有益的影响。我早期对白人的反感大多已消失，他们的举止、习惯和风俗与我在南方的种植园的厨房里所习见的迥然不同，而是相当令我陶醉，并且令我对我以前环境的粗鄙而又卑劣的风俗产生了强烈的厌恶。我因而作出努力，以改进我的头脑和举止，以多少适应我似乎被上苍召唤去的那个社会地位。从失意落魄到受人尊重确实是一个巨大的变迁，而且从此转变到彼却又不带有自己以前境遇的某些印记确实是桩难事。我并不是要让你以为我现在已全然摆脱了种植园的一切特征，而是说我这儿的朋友们在对那些特征怀有最强烈的反感的同时，又以我以往的生涯多少使我受之无愧的那种博爱来对待我，因而在这一方面我的状况极其愉快。就我的家庭事务而言，我可以夸口有和你一样舒适的住宅，我有一位勤劳而又干净利落的伴

————————————————————
① 美国废奴主义者（1805—1879），反对奴隶制思想的有影响的鼓吹者。

侣，四个可爱的孩子——老大是个九岁的姑娘，还有三个好儿子，年龄分别为八岁、六岁、四岁。现在三个年纪大的孩子都上学——有两个孩子已经能读书写字了，另外一位能拼写有两个音节的单词，准确性尚差强人意。亲爱的小家伙呀！他们都正躺在舒适的床上，睡得香甜，在我本人的屋檐下完全是安全的。这儿没有奴隶主来把他们从我的双臂中抢走从而撕裂我的心，或者把他们从一位当母亲的怀里夺走从而摧毁她最热切的希望。这些可爱的孩子是我们的——不是要让他们干活生产出稻米、糖和烟草，而是要守卫他们，尊重他们，保护他们，并且在福音书的营养和告诫中把他们抚养成人——在智慧和德行的道路上把他们培养起来，尽我们所能使他们对世人有用也对自己有用。哦！阁下，当我想到和注视着我的可爱的孩子们的时候，我似乎比任何时候都更把奴隶主看作完全是地狱的代理人。正是在这种时刻我浮想联翩，难以自控。我本来打算再谈谈我本人的成功和幸福的，但一谈到此，不由得百感交集，使得我无法再沿着那个方向继续下去了。奴隶制的可憎恐怖鬼一般极端骇人地升起在我的面前；数百万人的恸哭刺穿了我的心脏，冻冷了我的血液。我记得那锁链、那塞在人嘴里的口衔、那血淋淋的皮鞭；那死一般的忧伤给那上着脚镣的奴隶的垮掉的精神投下了阴影；想到有可能忍痛与妻子儿女分离，并且像头牲畜般在集市上被卖掉，他不禁心惊胆颤。不要说这是一幅凭空想象的画面。你知道得很清楚，我的背上鞭痕累累，那是根据你的指示让人给抽的；虽然我们在同一座教堂里是兄弟，可你让人把我此刻正在写信的这只右手紧紧地缚在我的左手上，枪口指着我，把我拽出了十五英里远，从海湾一直拽到伊斯顿，像头牲口似的在市场上卖掉，莫须有的罪名是企图从你的掌握中逃出去。所有这一切，而且不仅这一切，你都记得，而且知道这不仅完全是你本人的情况，同时也完全是你周围的几乎所有奴隶主的情况。

此刻，你大概起码是我本人的当奴隶的三个亲爱的姊妹和我唯一的兄弟的有罪的占有者。你把这些人看作你的财产。他们在你的分类账上登了记，或者也许已被卖给人肉贩子了，旨在填充你那永远饥饿的钱包。阁下，我渴望知道这些亲爱的姊妹身体可好，现在何处。你把她们卖掉了吗？还是仍然占有着她们？她们状况如何？是活着还是死了？还有我那亲爱的年迈的外婆，你把她当匹老马那样逐出家门，让她在林中死去——她还活着吗？请写信告诉我有关她们的一切。要是我的外婆还活着，她对你已经没有用处了，因为此刻她一定年近八十了——年纪太大了，那个她不再对其有用处的人是不会照料她的；把她送到我在罗彻斯特的住处吧，或者把她送到费城，我若能在她晚年时照料她那将是我的无上幸福。啊！对我来说她曾是一位母亲又是一位父亲，她为了我的舒适而辛苦操劳，因而当之无愧。把我的外婆给我送来吧！这样我就可以在她晚年时看护她，照料她。至于我的姊妹们——让我知道她们的一切吧。我本想给她们写信，知道有关她们我想知道的一切，而根本不用打扰你，可是由于你的罪孽深重的行径，她们已被完全剥夺了读和写的权利。你使她们处于完全的无知之中，并因而抢夺了她们与在外地的亲戚朋友通信的甜蜜的享受。在这一方面你对你的同类所表现出的邪恶和残忍，超过你留在我的背上或者他们的背上的所有累累伤痕。它是对灵魂的蹂躏，是对不朽的精神所进行的战争，你必须在我们共同的父亲兼造物主的审判台上为此作出说明。

在这一方面你所承担的责任确实可怕，而这些年来你居然能够在这责任下步履维艰地走下去也真是令人不可思议。你的头脑一定变黑暗了，你的心脏一定变冷酷了，你的良心一定干枯了、僵化了，要不然那你一定是老早就把那遭人谴责的重负抛掉，并在一位宽恕罪孽的上帝的手中寻求宽慰。容我问一句，假如我在某个伸手不见五指的夜晚，伙同一帮心狠手辣的歹徒，进入你那雅致住宅的境域，抓住你本人的可爱的女儿阿曼达，把她从你的家人、朋友以及她青年时代的一切可亲可爱的人身边带走——让她做我的奴隶——逼她干活，而我却攫取她的工资——将她的名字列入我的分类账当作财产——无视她的种种个人权利——拒不给她学习读书写字的权利和优惠，从而桎梏她不朽的灵魂的力量——让她吃粗食——让她衣不蔽体，并且时不时在她赤裸的背上抽上几鞭子；更可怖的，愈加可怖的是，让她得不到保护——让她成为恶魔般的监工的兽性贪欲的下贱的牺牲品，那监工会污染、摧残、毁灭她那纯洁无瑕的灵魂——掠夺掉她的一切尊严——摧毁她的德行，把在她身上使淑姿懿德的女性性格得以生色的所有魅力都给消灭掉，倘若如此，你会怎样看我呢？容我问一句，倘若这就是我的行径，你会怎样看我呢？啊！诅咒骂人的语汇不能提供一个足够可怖的词，来表达你对我的亵渎上帝的邪恶的看法于万一。然而，阁下，你对我的可爱的姊妹们的所作所为，在一切本质的方面都恰恰同我刚刚所设想的一模一样。就我而言，这样一种行径是极其令人憎厌的，因此，除了你对我和我的姊妹们所做出的之外，不会再有这种行径了。

现在我要将此信作结；望赐复，否则我还会再给你写信。我的本意是要把你用作一个武器，用以向奴隶制发起攻击——用作一种手段，使公众的注意力集中在这个制度上，使在人们的灵魂和肉体中行走的恐怖得以加深。我将把你用作一种手段，以揭露美国教会和教士的特征——用作一种手段，以使这个罪孽深重的国家同你一道感到悔恨。在这样做的时候，我对你个人并没有怀有恶意。在我的屋檐底下你会最安全，在我家中，凡是为使你舒适你所可能需要的一切东西，我都不会不立即欣然给予。确实，给你树立一个人类应该如何互相对待的榜样，在我看来倒是一种特殊的荣幸。

我是你的同类，但并非你的奴隶。

弗烈德里克·道格拉斯

（王义国译）